FRANCIS DURBRIDGE

Melissa

Buch

Der Schriftsteller Guy Foster ist in einer furchtbaren Lage: Die Polizei verdächtigt ihn des Mordes an seiner jungen hübschen Frau Melissa. Dabei hatte er am Abend der Tat friedlich zu Hause an seinem Schreibtisch gesessen und an seinem neuen Roman gearbeitet, während sich seine Gattin auf einer Geburtstagsparty amüsierte. Das jedenfalls hatte sie vorgegeben, als sie ihn am Abend ihres Todes, angeblich von ihrem Gastgeber aus, zu Hause angerufen hatte. Später berichtet man ihm, daß Melissa nie auf der besagten Party aufgetaucht ist. Außerdem gibt ein Nervenarzt bei der Polizei an, daß Foster ihn wegen seiner zwanghaften Eifersucht um Rat gefragt habe. Nur: Foster ist weder ein eifersüchtiger Mensch, noch kann er sich erinnern, diesen Arzt je aufgesucht zu haben. Doch dies ist erst der Anfang einer Kette von Unstimmigkeiten, die Foster nach und nach an seinem Verstand zweifeln lassen ...

Autor

Francis Durbridge, 1912 in England geboren, veröffentlichte seine Romane zum größten Teil unter seinem richtigen Namen, aber auch in Zusammenarbeit mit James D. R. McConnell unter dem Pseudonym Paul Temple. Dies ist auch der Name von Durbridges erstem Detektiv, der der Held von drei Spielfilmen geworden ist. Ein späterer Detektiv des Autors heißt Tim Frazer. Durbridge wurde in Deutschland durch die spektakulären Verfilmungen seiner Bücher berühmt. Er starb im April 1998. Weitere Krimi-Klassiker des Autors sind bei Goldmann in Vorbereitung.

Von Francis Durbridge außerdem im Goldmann Verlag erschienen:

Das Halstuch. Roman (3175)

Francis Durbridge

Melissa

Roman

Aus dem Englischen von
Peter Th. Clemens

GOLDMANN

Die Originalausgabe erschien 1967 unter dem Titel
»My Wife Melissa«

Umwelthinweis:
Alle bedruckten Materialien dieses Taschenbuches
sind chlorfrei und umweltschonend.

Wiederveröffentlichung März 2000

Umschlaggestaltung: Design Team München
Umschlagfoto: Photonica/M. Ogasawara
Druck: Elsnerdruck, Berlin
Krimi 3073
JE · Herstellung: Max Widmaier
Made in Germany
ISBN 3-442-03073-0

7 9 10 8

I

Der Abend, an dem Melissa starb, sah mich in sehr schlechter Laune aus der Fleet Street heimkehren. Ich hatte den freiberuflichen Zeitungsjob, den ich anstrebte, wieder nicht bekommen, und wußte, daß Melissa wütend sein würde, wenn sie es erfuhr. Das verschaffte mir im voraus ein bedrücktes Gewissen und machte mich gereizt. Die Folge war, daß ich in Gedanken bereits mit Melissa stritt, ehe ich auch nur unsere Wohnungstür aufschloß.

Der Anblick der Hutschachtel machte die Dinge nicht besser. Sie war das erste, was ich sah, als ich die Vordiele betrat – eine dieser verspielten, rot und golden gestreiften Hutschachteln, geschmückt mit einer kolossalen Seidenschleife. Ein Preisschild war natürlich nicht daran, aber ich zog im stillen weitere zwanzig Pfund von unserem ohnehin nicht sehr üppigen Bankkonto ab. Melissa war eine Närrin mit neuen Hüten. Manchmal schien es mir, daß sie, je länger ich ohne feste Stellung war, um so verrücktere Hüte kaufte. Der Himmel mag wissen, was sie mit ihnen tat – jedenfalls trug sie sie kaum. ›Für jegliche Gelegenheit wünscht meine Frau ein neues Kleid, danach steht all ihr Sinnen‹, klagt ein unbekannt gebliebener Poet. ›Was soll ich bloß beginnen?‹ Wie auf Melissa und mich gemünzt. Meine Frau, mit Schränken voll teurer Kleidung, aber ohne die geringsten Sorgen, wie ich das bezahlen könnte. Als ich durch die Vordiele ging, trällerte mir ihre Stimme entgegen.

»Bist du es, Guy? Du kommst aber spät!«

»Spät, aber wieso denn?«

»Dons Party! Sag nicht, du hättest sie vergessen!«

Ich hatte. Eine Verwünschung unterdrückend, näherte ich mich dem Schlafzimmer. Paula und Felix Hepburn waren da. Paula hielt einen Drink in der Hand und hob mir lächelnd und huldvoll ihr Glas entgegen. Ich rang mir ein Erwiderungslächeln ab. Ich mag Paula, aber gerade jetzt wäre mir ohne die Hepburns wohler gewesen. Felix war damit beschäftigt, den Reißverschluß am Rücken von Melissas Cocktailkleid zu schließen.

»Na so was, Guy!« stöhnte er in gespieltem Erschrecken. »Ertappst mich auf frischer Tat, wie ich deiner bezaubernden Frau beim Ankleiden behilflich bin.«

Wieder versuchte ich ein mattes Lächeln. Ich mag auch Felix. Er ist ein alter Esel, aber wir kennen uns seit langem, und ich empfinde ihn fast als Erleichterung, verglichen mit einigen meiner intellektuellen Freunde.

»Guy!« sagte Melissa ziemlich scharf. »Willst du dich nicht umziehen? Wir kommen zu spät zu Don. Es ist sein Geburtstag, weißt du.«

»Wirklich? Wie alt wird er? Sechzehn?«

»Sei nicht so garstig«, mahnte Paula.

Donald Page gehört nicht zu den Leuten, die ich mag. Wenn wir jung sind – Jungen meine ich, nicht Mädchen –, verbringen wir im Träumen und Wachen die meisten unserer Stunden am Lenkrad eines roten Rennwagens mit Pedalantrieb beim Umrunden von Haarnadelkurven im Garten hinter dem Haus oder an ruhigen Straßenecken. Etwas später, bald nach der Pubertät, tun wir genau dasselbe, jetzt jedoch mit einer hinreißenden Blondine an unserer Seite, und der Wagen wird von einem Benzinmotor angetrieben. Dann werden wir erwachsen – wir alle, ausgenommen nur die Don Pages auf dieser Welt. Freund Don träumt immer noch von schnellen Wagen – trotz eines ernstlichen Rennunfalls in Le Mans vor einem oder zwei Jahren.

Felix, überraschend auf Draht an diesem Abend, hatte tatsächlich den Spott in meiner Stimme bemerkt. »Ich glaube sagen zu dürfen: Hier irrst du, Guy. Don wird sechsundzwanzig. Stimmt das nicht, Melissa? Gewann er nicht die Stirling-Moss-Trophäe als einundzwanzigjähriger? Der jüngste und schnellste –«

»Er mag das jüngste und schnellste und hübscheste Lebewesen sein, das je geatmet hat«, warf ich ein. »Aber heute abend werde ich vermutlich den Anblick seines jungen, glatten Gesichts hinter der Cocktailbar in seiner komfortablen Junggesellenwohnung nicht ertragen können. Ich wünsche ihm viel Glück. Erzählt ihm, ich hätte starke Kopfschmerzen – was zufällig sogar stimmt.«

»Ja, armer Guy, du siehst wirklich angegriffen aus«, seufzte Paula mit echter Anteilnahme. »Ich hol' dir was zu trinken.«

Sie verließ das Schlafzimmer, und erstaunlicherweise hatte Felix den Takt, hinter ihr drein zu staken. Ich weiß nicht recht, warum ich hier ›staken‹ sage; so schrecklich alt ist er noch nicht

– erst etwas über vierzig. Aber er scheint irgendwie zu staken wie ein Greis, wohingegen Paula, die eine unenthüllte Zahl von Jahren älter ist als er – mindestens zehn, behauptet Melissa –, ganz entschieden die Fröhlichkeit des Frühlings ausstrahlt.

Jedenfalls blieben Melissa und ich nun allein, was natürlich gleich wieder zu einer dieser hitzigen kleinen Sticheleien führte, die wir leider allzu häufig hatten. Ich weiß nicht mehr genau, wie es begann. Wahrscheinlich sagte Melissa irgend etwas, was mir nicht paßte. Und ich, wegen meines schlechten Gewissens über den abgelehnten Job, attackierte daraufhin instinktiv die neue Hutschachtel, Melissas Extravaganz im allgemeinen, ihr unaufhörliches Geflatter von einer Cocktailparty zur anderen im besonderen, und so weiter. Sie entgegnete, ich sei ein mürrischer Brummbär. Es sei nur alberne Eitelkeit, mir einzubilden, ich könne durch Romaneschreiben genug verdienen. Früher oder später würde ich doch genötigt sein, meinen Stolz abzulegen und wieder einen ganztägigen Job in der Fleet Street anzunehmen.

Die Schlafzimmertür stand offen, so daß Paula und Felix das meiste davon gehört haben mußten. Der Streit war kurz und heftig; wir brachen das Rededuell ziemlich bald ab. Melissa erklärte sich bereit, ohne mich zu Dons Geburtstagsparty zu gehen und mein Fernbleiben in passender Weise zu entschuldigen.

»Hast du denn ein Geschenk für das Geburtstagskind gekauft?« fragte ich in einem Versuch, gute Laune zu zeigen; die Hepburns kamen nämlich wieder herein.

»Ja, habe ich«, antwortete Melissa zerstreut. »Ein Paar schicke Handschuhe, Wildleder, schrecklich teuer – wo, zum Kuckuck, sind sie mir denn bloß wieder hingeraten?« Nun begann das übliche Umherhetzen und Zetern, wie immer, wenn Melissa etwas verlegt hatte, was durchschnittlich zwanzigmal in der Woche geschah. Schließlich wurden sie gefunden, die schicken, schrecklich teuren Wildlederhandschuhe; sie lagen, in Seidenpapier gewickelt, hinter Melissas schwarzer Handtasche, die auf der Hutschachtel in der Vordiele stand.

»Was meinst du? Werden sie ihm passen?«

Ich sagte, das hielte ich für möglich. Melissa kicherte, kontrollierte noch einmal ihr Make-up und gab mir einen flüchtigen Kuß auf die Wange. Es folgte ein Schwall hastiger Instruktionen über die Lebensmittel, die im Kühlschrank bereitlagen für mein Abendessen. Dann folgte ein kurzer Abschied von

Melissa und den Hepburns – und husch, husch, waren sie fort, alle drei. Ich sah durch das Wohnzimmerfenster, wie sie unten auf die Straße hinauskamen, und bemerkte, daß meine fahrige Frau versäumt hatte, einen Mantel anzuziehen. Glücklicherweise wirkte Paulas Mantel, ein schwarzer Persianer, weit genug für sie beide. Hastig und mit Bewegungen, als seien sie Abkömmlinge eines nervösen Klabautermannes, bestiegen sie den etwas altersschwachen Austin von Felix und fuhren unter heftigem Auspuffgeknatter davon.

Ein zufälliger Blick in die Vordiele enthüllte mir ein weiteres Beispiel für Melissas Fahrigkeit. Sie hatte vergessen, ihre Handtasche mitzunehmen, die nach wie vor auf der Hutschachtel stand. Ich zuckte die Achseln, und schlenderte zur Mitte des Wohnzimmers. Dort streckte ich mich wie eine Katze und stieß dabei einen langen Seufzer der Erleichterung aus. Der Abend war mein. Drei, vier Stunden ungestörter Konzentration lagen vor mir. Es gibt keinen Platz, an dem ich besser arbeiten kann – ausgenommen vielleicht unser kleines Haus in Lenton-on-Sea.

Den Moment hinauszögernd, da ich frisches Papier in die Schreibmaschine drehen und ein neues Kapitel meines Romans beginnen würde, wärmte ich mich minutenlang buchstäblich an der Stille; dann mixte ich mir sorgfältig einen Drink, zündete eine Zigarette an und saß nur so da. Nach einem Weilchen fiel mein Blick auf den Plattenspieler. Nur eine einzige Platte hing am Wechselarm bereit, um auf den Plattenteller gelegt zu werden und den Raum mit ihrer seltsam subtilen und allzu vertrauten Melodie zu überfluten; sie beginnt mit lauten, eindringlichen Gitarrenklängen, die das Hauptthema sind. Die Musik ist modern, sehr raffiniert gemacht und, wie ich mir habe sagen lassen, nur durch die großzügige Verwendung einer Hammondorgel so ausdrucksvoll. Natürlich hat die Platte irgendeinen belanglosen Titel, aber für mich heißt sie ›Melissas Melodie‹. Melissa spielt sie Tag und Nacht; die Melodie scheint, auch wenn der Plattenspieler schweigt, durch alle unsere Räume zu geistern. Und wenn eines Tages jemand kommen sollte, um die Wohnung von uns zu übernehmen – sofern mein erster großer Romanerfolg den Erwerb eines Häuschens an der Riviera ermöglicht –, dann wird dieser Jemand mit dem übrigen Inventar auch die verwünschte Platte übernehmen müssen. Das heißt, falls ich dabei ein Wort mitzureden habe.

Nach einiger Zeit stand ich auf, ging zum Plattenspieler,

legte ›Melissas Melodie‹ beiseite, wählte einige Langspielplatten mit Klavierkonzerten von Mozart aus, stellte eine geringe Lautstärke ein und ließ mich vor meiner Schreibmaschine nieder.

Das neue Kapitel machte flotte Fortschritte. Seite um Seite füllte sich, und ich glaube, was ich schrieb, gelang mir gut. Als das Telefon klingelte, sah ich erstaunt, wie schnell die Zeit verflossen war. Die kleine Schreibtischuhr zeigte auf zwanzig Minuten vor elf. Noch in meine Arbeit versponnen, brauchte ich eine oder zwei Sekunden, ehe ich begriff, daß Melissa am Telefon war. Ihre Stimme klang, als amüsiere Melissa sich ausgezeichnet; das tut sie auf Partys immer.

»Wie geht's voran, lieber Guy?«

»Was?«

»Das Buch, Dummkopf!« kicherte sie.

»Danke, recht gut. Und was gibt's Neues bei dir?«

»Guy, ich bin noch bei Don und habe einen schrecklich interessanten Mann namens Walter Starr kennengelernt. Wahrscheinlich hast du schon von ihm gehört. Er ist der Mann, der –«

»Walter Starr! Natürlich habe ich von ihm gehört. Er besitzt halb Piccadilly, und die Hälfte, die ihm nicht gehört, läßt er einreißen.«

»Hör mir zu, Schatz. Ich habe ihm von dir erzählt. Er ist sehr interessiert und möchte dich kennenlernen.«

»Was – heute abend noch?« Ich versuchte, nicht allzu brummig zu klingen.

»Ja. Er hat ein halbes Dutzend von uns in sein Haus eingeladen. Ich sagte, du würdest dort zu mir stoßen.«

»Weshalb, um alles in der Welt, will ein Mann wie Starr ausgerechnet mich kennenlernen?«

»Er sprach davon, daß er ein neues Magazin herausbringt und – aber weißt du, Schatz, red jetzt nicht, schreib lieber die Adresse auf.«

Sie nannte eine Adresse nahe dem Regent's Park, eine Privatstraße namens Clinton News. Ich hatte noch nie von dieser Straße gehört, aber Melissa schien zu sehr erfüllt von ihrer altbekannten sprudelnden Heiterkeit, als daß ich viel hätte fragen können.

»Roxford House, Clinton News?« wiederholte ich.

»Richtig, mein Schatz. Wir brechen hier in etwa zwanzig Minuten auf. Bis nachher, also. Oh, Guy! Beinah hätte ich es vergessen – ich habe meine Handtasche zu Hause gelassen.«

»Ich weiß. Sie steht auf der Hutschachtel in der Vordiele. Ich bemerkte sie, als ihr eben fort wart.«

»Bring sie mir mit, Schatz. Wiedersehen!«

Es verdroß mich ein wenig, daß ich meine Arbeit abbrechen mußte. Aber vielleicht war das nicht weiter schlimm, denn ich wurde ohnehin allmählich zu müde, um noch vernünftig schreiben zu können. Und ich wußte, wie sehr ich Melissas scharfer Zunge ausgeliefert wäre, wenn ich das Angebot ignorieren würde, das Walter Starr mir offenbar machen wollte. Also deckte ich die Haube über meine Schreibmaschine, zog mein Jackett an, fand einen Schlips und überlegte, ob ich mir eine rasche Elektrorasur gönnen sollte oder nicht. Dann dachte ich, zur Hölle mit dem großmächtigen Mr. Starr – entweder mag er mich auch unrasiert, oder er kann sein neues Magazin ohne meine Mitwirkung starten. Ich holte mir Hut und Mantel aus dem Kleiderschrank im Schlafzimmer, klopfte meine Taschen nach Autoschlüsseln und Brieftasche ab und ging in die Vordiele, um Melissas Handtasche mitzunehmen.

So weit, so gut. Das einzig Dumme: Melissas Handtasche war nicht da!

Einen Moment lang stand ich da und starrte den Tisch an, wo sie auf der rot und golden gestreiften Hutschachtel gestanden hatte. Auch die Hutschachtel war weg. Da ich absolut sicher wußte, daß Handtasche und Hutschachtel vorhin auf diesem Tisch gewesen waren, kostete es mich einigen Willensaufwand, in den übrigen Räumen der Wohnung nachzusehen. Natürlich führte dies zu gar nichts.

Ein Rätsel, obwohl es zweifellos eine ganz einfache Erklärung dafür gab. Ich sah zur Uhr. Es ging auf elf. Gewiß war die Zeitspanne begrenzt, in der Mr. Starr, der Große, sich geneigt fühlte, an mir interessiert zu sein. Ich verließ die Wohnung und fuhr zum Regent's Park.

Auf dem Stadtplan, den ich im Auto hatte, war die Clinton News nicht verzeichnet. Suchend fuhr ich langsam durch die Straßen an der Südseite des Parks. Dabei erspähte ich im Rückspiegel einen uniformierten Polizeibeamten, der durch eine der Einfahrten in den Park eilte. Ich wendete, folgte ihm durch dieselbe Parkeinfahrt und holte ihn ein.

Er war jung und anscheinend nicht sehr auskunftsbereit. Jedenfalls dachte ich das zuerst. Dann wurde mir klar, daß er durch irgendeinen Unglücksfall abgelenkt wurde, der sich an einer nahegelegenen Böschung ereignet zu haben schien. Dort lief eine Anzahl uniformierter Männer umher; plötzlich hörte ich das markerschütternde Geheul einer Ambulanz, die sich schnell näherte.

Ich hatte den jungen Polizeibeamten gefragt, ob er mir sagen könnte, wie ich meinen Weg zum Roxford House, Clinton News, fände. Während er noch in seinem Straßenverzeichnis blätterte, kam ein großer Mann im hellen Regenmantel die Böschung hinunter, sah mich, zögerte einen Moment lang und trat dann an meinen Wagen heran.

Der junge Polizeibeamte sprach ihn mit ›Inspektor‹ an und fragte, ob er wisse, wo das Roxford House sei. Der breitschultrige Inspektor antwortete irgend etwas, aber ich hörte kaum hin. Meine Augen waren wie gebannt auf den Pelzmantel gerichtet, den er über einem Arm trug.

Er schien es zu bemerken. »Haben Sie diesen Mantel schon früher gesehen, Sir?« fragte er abrupt; seine angenehm klingende tiefe Stimme hatte einen leicht schottischen Akzent.

Ich sagte: »Ja, ich glaube, den hab' ich schon mal gesehen.«

Er hielt mir den Mantel hin. Es war ein schwarzer Persianerpelz, weit genug für zwei schlanke Frauen.

Ich fragte: »Würden Sie bitte nachsehen, ob unter einem der Aufschläge eine Anstecknadel ist?«

Er untersuchte die Aufschläge.

»Ja, da ist so etwas.«

»Ein kleiner roter Marienkäfer?«

»Das ist richtig, Sir.«

»Dann gehört dieser Mantel einer Bekannten von mir, Mrs. Paula Hepburn. Paula hatte immer so ein Marienkäferchen unter ihren Mantelaufschlägen. Als Glücksbringer.«

Der Inspektor sah mich an.

»Heute abend scheint der Glücksbringer versagt zu haben, fürchte ich. Mrs. Hepburn ist vor kurzem hier oben auf dieser Böschung gefunden worden. Erdrosselt. Ich werde Sie um die Gefälligkeit bitten müssen, mit mir zu kommen und die Leiche zu identifizieren.«

Vor Schock halb benommen, verließ ich den Wagen und folgte dem Inspektor. Unterwegs fragte er mich, wann ich Paula Hepburn zuletzt gesehen hätte. Ich erzählte ihm von Donald Pages Party. Er brummte irgendeine nichtssagende Antwort. Dann erreichten wir einen geparkten Ambulanzwagen.

Über die Böschung herab kamen vorsichtig zwei Männer, mit einer Trage zwischen sich. Auf der Trage lag eine zugedeckte Gestalt.

Auf einen Wink des Inspektors blieben die Männer mit der Trage bei uns stehen. Er beugte sich etwas herab und hob behutsam das Ende der Decke, das den Kopf verhüllte.

»Ist das Mrs. Hepburn, Sir?«

Die Welt schien sich plötzlich in einem langsamen, Übelkeit erregenden Halbkreis um mich zu drehen. Ich nahm nicht mehr wahr, wie sie Melissa in den Ambulanzwagen schoben.

Irgendwer mußte mich heimgeschafft, mit einem Schlafmittel versehen und zu Bett gebracht haben wie ein Kind. Wer das getan hatte, erfuhr ich nicht; ich war zu sehr durcheinander, um selbst danach zu fragen. Bestimmt war es nicht Cameron gewesen, der breitschultrige Inspektor mit dem schottischen Akzent. Er hatte sich vom Tatort direkt zu Donald Pages Wohnung begeben; das erzählte er mir, als er mich am folgenden Vormittag besuchte.

Seine zerfurchten, beinah häßlichen Gesichtszüge wurden durch den sympathischen Klang seiner Stimme aufgewogen. Sein Anblick ließ mich irgendwie an ein wohlwollendes Walroß denken, sofern ein Walroß je in einen gut geschneiderten dunklen Maßanzug geraten kann.

»Woher wußten Sie, wo Paula Hepburn gestern abend zu finden wäre?« fragte ich, als ich mit Cameron bei einer Kanne Kaffee am Wohnzimmertisch saß.

»Sie selbst sagten es mir, Sir.«

»Ich? Wann?«

»Als wir von Ihrem Auto zu dem Ambulanzwagen gingen. Sie sagten, Ihre Frau sei von den Hepburns zu Mr. Donald Pages Geburtstagsparty mitgenommen worden. Wo ein so bekannter Mann wie Mr. Page wohnt, ist nicht schwer herauszufinden. Ich begab mich unverzüglich dorthin. Und zwar aus dem einfachen Grund, weil ich erfahren wollte, warum Ihre Frau Mrs. Hepburns Pelz anhatte, als sie ermordet wurde.«

»Und warum hatte sie ihn an?«

»Können Sie sich das nicht selbst erklären, Sir?«

»Nein, Inspektor. Wie ich Ihnen bereits sagte, brach Melissa ziemlich überstürzt auf und vergaß beides – Mantel und Handtasche. Ich sah sie dann erst wieder, als – als –«

»Ach ja, die Handtasche. Darauf kommen wir noch zurück. Wie Mr. und Mrs. Hepburn mir gestern in Mr. Pages Wohnung sagten, entdeckte Ihre Frau unterwegs plötzlich, daß sie ihre Handtasche vergessen hatte, und entschloß sich, sie zu holen. Die Hepburns wollten umkehren und mit ihr zurückfahren. Davon mochte Mrs. Foster nichts wissen, weil sie für die Party ohnehin schon zu spät daran waren. Sie erklärte, sie würde ein Taxi nehmen. Die Hepburns waren einverstanden, und Mrs. Hepburn bot ihr wegen des kühlen Wetters den Pelzmantel an.«

»Das klärt die Sache mit dem Mantel.«

»Bliebe noch die Handtasche.«

»Ein völliges Rätsel für mich. Als Melissa deswegen antelefonierte, sagte ich ihr sofort, ja, die Handtasche stände auf der Hutschachtel in der Vordiele. Ich meine, ich hatte nicht den geringsten Zweifel, daß sie noch dort wäre. Sie können sich meine Verblüffung vorstellen, als ich entdeckte, daß Handtasche und Hutschachtel fort waren.«

»Ja«, sagte der Inspektor trocken. »Und um welche Zeit war das, Mr. Foster?«

»Ungefähr zwanzig Minuten vor elf. Als das Klingeln des Telefons mich beim Schreiben unterbrach, sah ich auf die Schreibtischuhr und wunderte mich, wie schnell die drei Stunden vergangen waren.«

»Und Sie sagen, daß Sie während dieser drei Stunden – also von etwa zwanzig Minuten vor acht bis etwa zwanzig Minuten vor elf, als Ihre Frau antelefonierte – die Wohnung nicht verlassen haben?«

»Ja. Ich habe die Wohnung während dieser Zeit nicht verlassen.«

»Und Sie empfingen auch keinen Besucher?«

»Nicht eine Seele.«

Camerons Stimme wurde eindringlich. »Das ist von großer Wichtigkeit, Mr. Foster. Könnte Ihnen vielleicht ein Zufallsbesucher entfallen sein, der für eine Minute hereinschaute?«

Ich schüttelte nachdrücklich den Kopf. »Da war niemand! Ich bin die ganze Zeit allein gewesen.«

Cameron musterte mich mit einem langen, forschenden Blick, der das gedankliche Bild vom wohlwollenden Walroß irgendwie trübte. Peinliches Schweigen entstand. Ich goß neuen Kaffee ein.

Wenn ich bisher eine ziemlich kühle Sachschilderung dieser

Szene gegeben und die befremdliche Naivität gezeigt habe, gar nicht zu merken, daß ich von einem scharfsinnigen Kriminalbeamten regelrecht verhört wurde, kann ich nur sagen, daß es wirklich so war. Die einfache Wahrheit ist, daß ich noch unter Schocknachwirkungen stand. Die entsetzliche Erkenntnis von Melissas Tod war noch nicht durch den Schleier meiner Benommenheit gedrungen. Das grausame Bewußtwerden sollte bald genug erfolgen. Aber zu dieser Zeit, noch ein wenig vom Schlafmittel betäubt, beantwortete ich Camerons Fragen, als wäre er ein harmloser Meinungsforscher. Erst als er weitersprach, wobei seine Stimme und sein ganzes Verhalten immer grimmiger und seine Blicke immer durchdringender wurden, erkannte ich nach und nach, daß er unerbittlich einen bestimmten Punkt ansteuerte. Einen sehr unerfreulichen, sehr gefährlichen Punkt.

Er leerte zunächst seine Kaffeetasse, dann zückte er sein Notizbuch und bat mich, genau zu wiederholen, was Melissa gesagt hatte, als sie mich zwanzig Minuten vor elf antelefonierte. Das schrieb er sich auf, Wort für Wort.

Dann fragte er: »Sie hatten zu dieser Zeit keinen Zweifel, daß es Ihre Frau war, die zu Ihnen sprach?«

Ich muß verdutzt ausgesehen haben. »Natürlich nicht! Es war Melissa, daran kann es keinen Zweifel geben. Der Sinn Ihrer Frage ist mir unbegreiflich.«

»Nannte Mrs. Foster Sie üblicherweise ›Schatz‹?«

»Ja, fast immer.«

»Und die Stimme, das Lachen – sind Sie dieser beiden Charakteristika völlig sicher?«

»Himmel, ja! Sie hat – hatte – eine bezaubernd melodiöse Stimme. Und ihr Lachen war ganz unverwechselbar.«

»Wenn es also Mrs. Foster war – weshalb informierte sie Sie über verschiedene Punkte falsch?«

»Über welche Punkte?«

»Sie behauptete, zum Beispiel, aus Don Pages Wohnung zu sprechen.«

»Nun, das tat sie ja auch.«

»Nein, Mr. Foster. Sie war gestern abend nicht dort. Alle Teilnehmer an der Party bezeugten übereinstimmend, daß sie nicht erschienen ist. Nachdem sie das Auto der Hepburns verlassen hatte, um ein Taxi zu nehmen, hat niemand sie gesehen – bis man sie erwürgt im Regent's Park fand.«

Ich konnte es mir nicht zusammenreimen und schüttelte ratlos den Kopf. Dann zündete ich mir eine Zigarette an.

Der Inspektor fuhr fort: »Als sie nicht auf der Party erschien, begannen die Hepburns begreiflicherweise besorgt zu werden und riefen schließlich gegen halb zehn hier in Ihrer Wohnung an.«

»Das taten sie bestimmt nicht!« widersprach ich ärgerlich. »Ich habe die Wohnung nicht für eine Minute verlassen, ich habe den ganzen Abend am Schreibtisch gesessen, mit dem Telefon in Reichweite, und der einzige Anruf, den ich erhielt, war der von Melissa.«

Der Inspektor nickte ruhig. »Ihr Apparat scheint zeitweilig nicht in Ordnung gewesen zu sein. Jedenfalls bekam Mr. Hepburn keine Antwort, obschon das Rufzeichen ertönte. Er sagte mir, daß er sich dann mit seiner Frau beriet, und daß sie übereinkamen, ihre Besorgnis zu vergessen. Sie nahmen an, daß Mrs. Foster, als sie wegen ihrer Handtasche wieder hierher kam, die Gelegenheit benutzte und sich mit Ihnen über den kleinen Streit aussprach, den Sie beide, laut Angabe von Mr. und Mrs. Hepburn, etwas früher am Abend gehabt hatten, und daß sie Sie dann überredete, mit ihr auszugehen – für einen Drink oder so.«

»Alles schön und gut«, warf ich ein. »Nur ist Melissa nicht wieder in die Wohnung gekommen, und ich habe die Wohnung nicht für eine Minute verlassen.«

Cameron schien etwas sagen zu wollen, überlegte es sich anders und zündete sich etwas umständlich eine Zigarette an, ehe er fortfuhr: »Kommen wir auf Mrs. Fosters Telefonanruf zurück. Nicht nur die Angabe war falsch, daß sie aus Mr. Pages Wohnung telefoniere. Sie erfand außerdem Mr. Walter Starrs Anwesenheit auf dieser Party. Hier die Tatsachen: Mr. Page beschwört, Mr. Walter Starr nie in seinem Leben begegnet zu sein. Mr. Starr wohnt nicht in der Nähe von Regent's Park. Und zur Zeit ist Mr. Starr nicht einmal im Lande. Er hat eine Stadtwohnung in Mayfair, ein Landhaus in der Nähe von Amersham, und macht gegenwärtig Ferien auf den Bahamas.«

Ich nahm einen tiefen Zug aus meiner Zigarette und überlegte. Schließlich sagte ich: »Sie gebrauchten das Wort ›falsch informiert‹, Inspektor. Das war eine höfliche Umschreibung für ›Lüge‹, nicht wahr? Sie wollen unterstellen, daß Melissa sich die Mühe machte, mich anzutelefonieren und ein Gewebe witzloser

Lügen zu erzählen. Das ist Unsinn. Warum sollte sie? Melissa war nicht so.«

»*Wie* war sie, Mr. Foster?«

»Verzeihung, ich –?«

»Es wäre mir lieb, wenn Sie sich dazu verstehen würden, Ihre verstorbene Frau zu beschreiben. Und Ihre Ehe.«

Ich weiß nicht, wie andere Leute auf solche unverblümte Bitte reagieren. Ich jedenfalls muß bekennen, daß sie mich zögern machte. Der Inspektor schien meine Verlegenheit zu spüren. Er stand auf, begann im Zimmer umherzugehen und machte schließlich vor den Bücherregalen halt, die eine ganze Wand des Wohnzimmers einnehmen.

Nachdem er dort ein Weilchen gestanden hatte, fragte er in liebenswürdigem Konversationston: »Alle diese Bücher gehören Ihnen, Mr. Foster?«

»Ja.«

»Hm. Eine umfangreiche Bibliothek. Für einen Mann allein, meine ich. Oder gehörten einige der Bücher Ihrer Frau?«

»Nein. Melissa las nicht gern.«

»Überhaupt nicht?«

Ich zuckte die Achseln. »Modejournale, Gesellschaftsmagazine und solche Sachen. Anderes kaum.«

Cameron brummte etwas Unverständliches, betrachtete einige in Leder gebundene Übersetzungen griechischer und römischer Dichter und wanderte weiter zu dem Plattenspieler, auf dem noch die Platten mit Mozarts Klavierkonzerten lagen, die mir am Abend zuvor als leise Hintergrundmusik gedient hatten.

»Ah, Mozarts Klavierkonzert in C-Dur, Nummer 21«, sagte er bei Betrachtung der obenauf liegenden Platte. »Das mag ich besonders gern ... Diese andere Platte hier sieht aber abgespielt aus«, fuhr er fort. »Was ist es?«

Er hatte sich einen Schritt seitwärts bewegt und die Platte mit ›Melissas Melodie‹ entdeckt, die jetzt auf einem Nebentischchen lag. Ich sagte ihm, Melissa hätte sie Tag und Nacht spielen lassen.

»In unserem kleinen Haus bei Lenton-on-Sea ist ein zweites Exemplar davon«, fügte ich hinzu. »Melissa war ganz verrückt danach.«

»Nach Mozart auch?«

»Nein, ich fürchte, klassische Musik entsprach nicht ihrem Geschmack.«

Benommen, wie ich war, merkte ich noch immer nicht, was er ansteuerte. Vielleicht war ich zu eifrig damit beschäftigt, meine Erinnerungen zu sortieren, um ihm eine ehrliche Schilderung der Frau geben zu können, mit der ich über drei Jahre verheiratet gewesen und die nun tot war. Ich erzählte ihm, was ich für die Wahrheit hielt. Ich erzählte ihm vom Guten und vom Schlechten in unserer Ehe, beides miteinander vermengt wie in jeder Verbindung zwischen zwei gewöhnlichen Sterblichen. Da war Melissas berauschende Schönheit, da war ihre Heiterkeit, da waren ihre Extravaganzen; da war mein verbissenes Streben, freiberuflich tätig zu bleiben und Romane zu schreiben, da war meine starrsinnige Abneigung gegen einen neuen Normaljob in der Fleet Street, der mich wieder werktäglich von neun bis fünf an einen Büroschreibtisch gefesselt hätte. Da waren unsere Meinungsverschiedenheiten, angefangen von Fragen des kulturellen Geschmacks bis hin zu trivialen Alltäglichkeiten, da waren unsere Streitereien um Geld, da war die überwältigende Tatsache, daß wir uns geliebt hatten. Zu unseren Auseinandersetzungen in jüngster Zeit erläuterte ich, wir wären wohl durch eine jener typischen Krisen gegangen, die in fast jeder Ehe vorkommen; ich fügte hinzu, sicherlich wäre unser Eheschifflein bald wieder in ruhigere Gewässer gelangt.

Inspektor Cameron hatte bei seiner Wanderung neben meinem Schreibtisch haltgemacht. Er hörte mir weiterhin aufmerksam zu und betrachtete dabei nicht minder aufmerksam eine große Fotografie von Melissa, die ich immer auf dem Schreibtisch stehen habe – eine Fotografie aus der Zeit, als Melissa noch Theaterambitionen hatte. Selbst als ich wieder schwieg, schien er außerstande, seinen Blick von ihr abzuwenden.

Nach einem Weilchen drückte er seine Zigarette in einem Aschenbecher aus, drehte sich um und ging hinaus in die Vordiele, um sogleich mit einem mittelgroßen Handkoffer zurückzukehren, den er auf meinen Schreibtisch plazierte. Er öffnete den Koffer jedoch noch nicht.

»Mr. Foster, es tut mir leid, Sie durch Wiederholungen zu ermüden. Aber ich muß Sie noch einmal danach fragen. Sie sagten, daß Mrs. Foster vergaß, ihre Handtasche mitzunehmen, als Mrs. Foster zusammen mit den Hepburns aufbrach, um sich zu Mr. Pages Party zu begeben. Sie behaupten, die Handtasche gleich danach auf der Hutschachtel bemerkt zu haben, die Ihrer Angabe zufolge auf dem Tisch in der Vordiele stand. Mr. und Mrs. Hepburn haben uns versichert, daß Mrs. Foster das Auto der Hepburns zu dem ausdrücklichen Zweck verließ, hierher zurückzukehren, um sich die vergessene Handtasche zu holen. Sie sagen, daß Mrs. Foster nicht hierher zurückgekehrt ist, und daß Sie die Wohnung den ganzen Abend nicht verlassen haben.«

»Ja, das ist richtig.«

Cameron ließ die Schnappschlösser des Koffers aufspringen und hob den Deckel.

»Mr. Foster, wie erklären Sie sich dann die Tatsache, daß Mrs. Fosters Handtasche – etwa zehn Schritte von ihrer Leiche entfernt – im Regent's Park gefunden wurde?«

Ich starrte sprachlos auf die wohlbekannte schwarze Handtasche im Koffer.

Cameron fragte mit schneidender Stimme: »Ist das Mrs. Fosters Handtasche, oder ist sie es nicht?«

Ich nickte stumm.

Er hob die Handtasche aus dem Koffer und leerte ihren Inhalt auf meinen Schreibtisch: Lippenstift, Compactpuder, Nagelfeile, Schlüssel, Kugelschreiber, Notizbuch, Taschentuch.

»Da ist etwas, das ich Sie fragen muß, Mr. Foster«, fuhr Cameron unerbittlich fort. »Etwas, was mich den ganzen Morgen beschäftigt hat. Ich kann nicht verstehen, warum Ihnen noch nicht eingefallen ist, mich zu fragen, wann Ihre Frau getötet wurde?«

Ich fragte verwundert: »Ist das wichtig? Ich meine, nach Ihrem Gesichtspunkt können da keine Zweifel –«

»Ihre Meinung in dieser Frage, Mr. Foster, ist für mich außerordentlich wichtig. Möchten Sie nicht zu schätzen versuchen, welche Todeszeit unsere Ärzte annehmen?«

Sein Ton gefiel mir nicht. Offenbar führte er etwas im Schilde. Aber ich sah keine andere Möglichkeit, als die Wahrheit zu sagen, so ehrlich ich es vermochte.

»Wie ich bereits erwähnte, telefonierte meine Frau mich gegen zwanzig Minuten vor elf Uhr an. Es dürfte etwa fünf oder zehn Minuten nach elf gewesen sein, als ich nahe Walter Starrs Haus den jungen Polizeibeamten anhielt –«

»Mr. Walter Starr wohnt nicht dort, Mr. Foster!«

»Wie dem auch sei«, entgegnete ich gereizt, »meine Antwort

auf Ihre Frage ist: Ich schätze, Melissa wurde irgendwann zwischen Viertel vor elf und elf Uhr ermordet.«

Camerons Erwiderung kam wie ein Paukenschlag nach einer unheilverkündenden Melodie: »Ihre Frau starb gegen halb zehn Uhr, Mr. Foster, bei zehn Minuten Spielraum nach jeder Seite. Halb zehn – dieselbe Zeit, als ein Freund Sie antelefonierte und keine Antwort bekam, obwohl – wie er versichert – das Rufzeichen beharrlich erklang.«

»Ich sage Ihnen, das Telefon läutete nicht!«

»Ich vermute, es läutete. Aber Sie antworteten nicht. Sie hörten das Läuten nicht, weil Sie nicht daheim waren!«

»Verdammt, wie oft soll ich Ihnen sagen, daß ich die Wohnung den ganzen Abend lang nicht verlassen habe?«

»Sie haben es oft genug gesagt, Sir. Aber warum hörten Sie dann das Telefon nicht läuten?«

»Es muß nicht in Ordnung gewesen sein.«

»Damit widersprechen Sie sich selbst, Mr. Foster. Denn Sie behaupten, eine Stunde später habe es gut genug funktioniert, daß Mrs. Fosters Anruf Sie erreichte.«

»Ja, natürlich, der Anruf meiner Frau erreichte mich.«

»Das kann gar nicht sein, Mr. Foster. Um die von Ihnen genannte Zeit war sie tot, schon seit einer Stunde tot. Und Tote führen keine Telefongespräche.«

Ich hatte mich aus meinem Sessel erhoben, eine Art Abwehrreaktion auf diesen plötzlichen Angriff.

Cameron ließ einige Sekunden verstreichen, dann erkundigte er sich in ruhigem Ton: »Was haben Sie jetzt zu sagen, Sir?«

Ich sank in meinen Sessel zurück. Zu sagen hatte ich nichts. Wie ein zurückgebliebenes Kind, das endlich beginnt, eine simple Frage zu begreifen, fing ich an zu erkennen, daß ich der Ermordung meiner eigenen Frau verdächtigt wurde.

2

Ich erinnere mich wirklich nicht, wie viele Minuten Inspektor Cameron mir ließ, den Schock zu verkraften, daß ein offenbar sehr befähigter Kriminalbeamter mich wortreich und völlig logisch beschuldigte, Melissa erdrosselt zu haben. Ich weiß nur, daß er mit noch einer oder zwei Überraschungen aufwartete, ehe er mich verließ.

Die erste war ein harmlos aussehendes Stück Papier. Er nahm es unter den Gegenständen aus Melissas Handtasche auf und hielt es in die Höhe – zu weit entfernt, als daß ich hätte lesen können, was darauf geschrieben stand.

»Erkennen Sie das, Mr. Foster?«

»Nein, ich glaube nicht.«

»Würden Sie sagen, Mr. Foster, daß Ihre Frau in letzter Zeit bei guter Gesundheit war?«

»O ja. Alles in allem genommen, ganz entschieden ja.«

»Aber sie konsultierte kürzlich einen Arzt?«

»Davon weiß ich nichts. Sie hat nie geklagt, sich krank zu fühlen. Wenigstens nicht mir gegenüber.«

»Ich frage«, fuhr Cameron fort, »weil es sich bei diesem Stück Papier, das ich in ihrer Handtasche fand, um die untere Hälfte eines ärztlichen Rezeptes handelt. Der Name des Arztes und das Datum sind deutlich lesbar. Das Rezept wurde vor etwas über zwei Wochen ausgestellt.«

»Wer ist der Arzt?« fragte ich.

Cameron sah auf das Rezept. »Doktor Norman Swanson. Sind Sie sicher, daß Ihre Frau niemals einen Doktor Swanson konsultiert hat, Sir?«

»Ich weiß gar nichts darüber. Ich habe nie von ihm gehört.«

Cameron gab mir wieder einen seiner peinlich durchdringenden Blicke, und ich machte mich instinktiv auf irgend etwas Unangenehmes gefaßt.

»Mr. Foster«, sagte er langsam, »ich verstehe eigentlich nicht, weshalb Sie hierbei lügen sollten. Es gibt meines Erachtens keinen Grund, weshalb Sie nicht zum Arzt gehen sollten, wenn Sie sich nicht wohl fühlen.«

Es konnte ihm nicht entgehen, daß meine Verblüffung echt war. »Ich hätte einen Arzt konsultiert? Auf was, um alles in der Welt, wollen Sie hinaus? An meiner Gesundheit fehlt nichts!

Wollen Sie unterstellen, ich wäre bei diesem Swanson gewesen oder wie er heißt?«

»Meine Informationen besagen dies, Sir.«

»Dann sind Ihre Informationen völlig falsch!«

Er schüttelte den Kopf. »Kaum, Sir. Vorsichtshalber habe ich heute früh, ehe ich hierherkam, Doktor Swanson aufgesucht.«

»Dann müssen Sie aber verdammt zeitig aufgestanden sein!«

»Tatsächlich bin ich letzte Nacht nicht ins Bett gekommen«, erwiderte er trocken.

Ich zündete mir eine neue Zigarette an. Ich wußte nicht, was ich aus dieser neuen Wendung der Ereignisse machen sollte. Versuchte jemand zu beweisen, daß ich ein unzulängliches Gedächtnis hätte? Eine bedrückende Sekunde lang überlegte ich sogar, ob es stimmen könnte – daß ich bei einem Arzt gewesen wäre und alles darüber vergessen hätte.

»Inspektor Cameron«, sagte ich schließlich, »vielleicht werden Sie nun so freundlich sein, zu beweisen, daß ich diesen Ihren sagenhaften Arzt aufgesucht oder auch nur von ihm gehört habe.«

»Aber gewiß, Sir. Wie erwähnt, stattete ich Doktor Swanson in seiner Praxis in der Wimpole Street heute früh einen Besuch ab. Er erinnerte sich sehr gut an Sie. Seine Sekretärin desgleichen.«

»Nun, dieser Doktor Swanson dürfte Hunderte von Patienten haben«, wandte ich ein. »Sicherlich verwechselt er mich mit einem anderen Patienten gleichen Namens.«

»Und gleicher Adresse, Sir? Ich machte mir die Mühe, dem Arzt und seiner Sekretärin – getrennt voneinander – Ihre Fotografie zu zeigen, ohne zu sagen, wer es ist. Beide bezeichneten Sie unverzüglich als ›Mr. Guy Foster‹. Man legte mir das Terminbuch des Doktors vor. Demnach sind Sie vor etwas über zwei Wochen bei Doktor Swanson gewesen. Man zeigte mir auch das Rezeptbuch. Es enthält eine Abschrift des für Sie ausgestellten Rezeptes, die in allen vergleichbaren Einzelheiten mit der Rezepthälfte übereinstimmt, welche sich in der Handtasche Ihrer Frau befand.«

»Wie sollte ich das Rezept bekommen haben, wenn ich nie bei ihm gewesen bin – vermittels Brieftauben etwa?« fragte ich in einem Versuch, ironisch zu sein – was allerdings kläglich mißlang. »Wie kommt übrigens Melissa in diese Sache?«

Cameron blickte finster. »Erinnern Sie sich nicht, Sir? Es war doch Ihre Frau, die Sie dazu bewegte, Doktor Swanson zu konsultieren. Da sie immer besorgter über Ihren Gesundheitszustand wurde, suchte sie Rat. Ein guter Freund verwies sie an Doktor Swanson.«

»Und wer soll dieser gute Freund gewesen sein?«

»Mr. Donald Page, der Rennfahrer.«

»Darf ich nun fragen, welche Seite meiner Gesundheit es war, die meine Frau veranlaßte –«

»Mrs. Foster sagte zu Doktor Swanson, der übrigens ein sehr angesehener Nervenarzt ist, daß Sie an Schlaflosigkeit litten, zu Eifersucht neigten und häufig ohne erkennbaren Grund mit ihr stritten. Anders ausgedrückt, Sie waren mit den Nerven herunter, und Ihre Frau fürchtete –«

»– ich könnte sie umbringen?« schnappte ich.

Cameron zeigte eine schmerzliche Miene. »So etwas wollte ich nicht sagen, Sir. Auch Ihre Frau hat nichts dieser Art gesagt. Sie fürchtete, daß Sie einen Nervenzusammenbruch erleiden könnten. Das ist alles. Und Doktor Swanson behandelte Sie, um einem möglichen Nervenzusammenbruch vorzubeugen.«

»Nein, er hat mich nie behandelt! Ich habe ihn nie gesehen!« schrie ich und sprang auf. »Das alles ist eine einzige Lüge!«

Cameron beäugte mich nicht ohne Mitgefühl und sagte beschwichtigend: »Nicht zu arg aufregen, Sir. Ich fürchte, Sie haben in letzter Zeit unter viel stärkerem Druck gestanden, als Ihnen bewußt ist, oder – als Sie zugeben wollen.«

Er füllte den ausgeschütteten Krimskrams wieder in Melissas Handtasche und legte die Handtasche in den Koffer. Dann sah er auf seine Uhr und murmelte eine Entschuldigung.

»Tut mir leid, daß ich Sie so lange aufgehalten habe, Sir. Ich werde gleich gehen. Nur noch eine Frage. Ich erfuhr von den Hepburns, daß Ihre Frau zu der gestrigen Party ein Paar Handschuhe mitnehmen wollte. Stimmt das?«

»Ja, ein Paar Wildlederhandschuhe, ziemlich teuer, als Geburtstagsgeschenk für Don Page.«

»Haben Sie eine Ahnung, Sir, was mit den Handschuhen geschah?«

»Nicht die geringste.«

»Eine rätselhafte Sache. Mrs. Hepburns Mantel tauchte auf, ebenso die Handtasche. Aber die Handschuhe konnten wir nirgendwo finden.«

»Sind die Handschuhe so wichtig? Melissa könnte sie verkramt oder liegengelassen haben, vielleicht im Auto der Hepburns. Sie war schrecklich fahrig.«

»Ich hoffe, Sie haben recht, Mr. Foster. Es gibt nämlich noch eine andere Theorie, die mir weit weniger angenehm erscheint.«

»Und die wäre –?«

Cameron sah mich eigentümlich an, ehe er ganz ruhig erwiderte: »Daß der Mörder die Handschuhe trug, als er Ihre Frau erdrosselte. Guten Morgen, Mr. Foster.«

Ich tat viele Stunden lang gar nichts, und dankenswerterweise störte mich auch niemand, weder telefonisch, noch persönlich.

Die Nachwirkung des offenbar starken Schlafmittels, das ich bekommen hatte, klang allmählich ab. Ich dachte über Camerons Worte nach.

Hatte ich Melissa geliebt?

Es war schmerzlich, doch mußte ich mir eingestehen, daß wir – abgesehen von der körperlichen Anziehung – einander niemals ganz nahegekommen waren. Ich denke, jeder von uns beiden hatte eine Illusion geheiratet. Melissa glaubte, sie bekäme einen erfolgreichen Fleet-Street-Journalisten, der nebenher brillante Romane schrieb, unzählige wichtige, interessante Leute kannte und ein aufregendes und abwechslungsreiches Leben führte. Und ich bildete mir ein, in Melissa eine schöne, junge Frau zu bekommen, die willens wäre, ihr Leben mit dem meinen zu verschmelzen und die etwas düsteren Falten meines Charakters verständnisvoll mit Sympathie aufzuhellen. Keiner von uns hatte zugeben wollen, daß seine Illusion nicht Wirklichkeit geworden war. Melissa war ihren Weg gegangen und ich den meinen; nur selten waren unsere Pfade parallel verlaufen, noch seltener hatten sie sich ineinander verschlungen. Vielleicht wäre es anders gewesen, wenn wir Kinder oder wenigstens ein Kind gehabt hätten, doch dieses Glück war uns nicht beschieden. Wessen Fehler war das? Wir hatten nie Gelegenheit gehabt, es herauszufinden.

Jetzt war es zu spät. Melissa war fort. Es würde keine Kinder geben. Dafür hatte irgendein Wahnsinniger gesorgt. Und alle schienen zu vermuten, ich sei dieser Wahnsinnige. Guy Foster, wisperten sie, ihr kennt ihn doch – seit undenklichen Zeiten ohne feste Anstellung, außerstande, mit seinen abwegigen Romanen auch nur einen Penny zu machen, finanzielle Nöte, drückende Sorgen; konnte nicht Schritt halten mit Melissa und ihrem melodisch trällernden Lachen. Ja, ja, wißt ihr, manche Leute tun merkwürdige Dinge, wenn ihr Grips unter Zwangsvorstellungen gerät. Na, und Guy sprach oft genug recht sarkastisch über Melissas Freundschaften mit solchen glatten Typen wie Don Page ...

Donald Page! Das war es! Ich sprang auf wie ein Mann, der aus einer Trance erwacht. Das war der Punkt, von dem aus ich starten konnte! Ich begann mich anzuziehen – ich war ja noch immer in Pyjama und Hausmantel –, und wenn Inspektor Cameron in diesen Minuten den Ausdruck meines Gesichts gesehen hätte, würde er mich vom Fleck weg eingesperrt haben, aus Angst, ich könnte zu Don Page eilen und diesem jungen Casanova die Seele aus dem Leib prügeln. Solche blutrünstigen Absichten lagen mir aber nicht im Sinn. Ich hatte einfach irgendwo anzufangen, eine Startbasis zu finden. Immerhin war es, laut Inspektor Cameron, Donald Page gewesen, der Melissa zu diesem Dr. Swanson geschickt hatte. Ich glaubte, ein Wort mit Don könnte nicht schaden.

»Guy, du siehst ja schrecklich aus«, murmelte er; ich hatte ihn zufällig in dem Moment getroffen, als er sein Haus verließ. »Glaub mir, alter Junge, wir alle fühlen mit dir. Aber das macht es für dich auch kaum leichter.«

Er sah wirklich tief bekümmert aus; das muß ich zu seinen Gunsten sagen. Der einzige Haken war – seine bekümmerte Miene und sein teilnahmsvoller Ton kontrastierten peinlich mit seinem schimmernden Seidensmoking und den albernen Rüschenverzierungen an seinem Smokinghemd. Wahrscheinlich musterte ich seine hyperelegante Aufmachung mit sehr kritischem Blick; jedenfalls errötete er und wartete hastig mit einer Erklärung auf.

»Ich fühle mich dabei ganz und gar nicht wohl, alter Junge. Ich meine, in dieser juxigen Aufmachung herumzulaufen, so bald nach – so bald nach, nun ja ... Aber siehst du, eins der großen Tiere aus der Autoindustrie gibt mir zu Ehren ein Dinner. Man erwartet mich um sieben Uhr in Coventry. Ich werde fahren müssen wie noch nie.«

Tatsächlich erinnerte ich mich nicht, Don Page anders als bei einer Party, auf dem Weg zu einer Party oder im Begriff getroffen zu haben, selbst eine Party zu geben. Ich unterdrückte eine bittere Bemerkung und sagte: »Ich habe mit dir zu reden, Don. Es ist verdammt wichtig.«

»Nun ...« Er blickte nervös über die Straße, wo ein silbergrauer Jaguar an der Bordschwelle geparkt stand. Don Page schien es wirklich sehr eilig zu haben.

Ich erklärte schnell: »Ich will dich nicht im geringsten aufhalten. Fahr los, wie geplant. Ich komme mit, sage mein Sprüchlein auf, du antwortest mir, und wenn wir fertig sind, setzt du mich beim nächsten Taxistand ab. Es wird kaum fünf Minuten dauern.«

Da er noch zögerte, ging ich zu seinem Wagen hinüber und setzte mich einfach auf den Passagiersitz. Hiergegen war nichts zu machen, es sei denn mit Gewalt, doch das hätte er kaum riskiert. Schließlich folgte er mir, nahm hinter dem Lenkrad Platz und fuhr los.

Er wirkte äußerst reserviert. Wahrscheinlich fürchtete er, ich würde ihn beschuldigen, eine Liebschaft mit Melissa gehabt zu haben. Was ich über diese spezielle Möglichkeit dachte, vermochte ich noch nicht zu entscheiden. Also schob ich sie in meinen Gedanken beiseite und konzentrierte mich auf die rätselhafte Sache mit Dr. Swanson.

»Eine sehr direkte Frage, Don«, begann ich. »Hat Melissa mit dir je über mich gesprochen?«

»Nun – äh –, natürlich hat sie das. Wir unterhielten uns manchmal über dich, alter Junge. Ich meine, das ist doch ganz selbstverständlich – nicht wahr?«

»Hat sie dir je erzählt, ich wäre krank?«

»Krank?«

»Ja. Krank. Nicht ganz auf der Höhe. Mit den Nerven herunter.«

Er wollte antworten, änderte jedoch seine Meinung und gab vor, einstweilen von dem sehr schwierigen Manöver beansprucht zu sein, vom zweiten in den dritten Gang weiterzuschalten – er, der Rennfahrer!

»Nun, tat sie es?« beharrte ich.

Er nickte. Ich hörte und sah, daß er dabei schwer schluckte.

»Wann?«

»Das mag etwa – etwa fünf Wochen her sein, schätze ich. Sie kam eines Nachmittags zu mir und ...« Er hielt nervös inne.

»Weiter.«

»Hör mal, alter Junge, bist du sicher –«

»Völlig sicher, Don. Sprich weiter und versuch keine Tricks.«

Er seufzte. »Schön, wie du willst, Guy. Du begreifst, daß es verdammt scheußlich für mich ist – nicht wahr? Ich meine, ich betrachte mich als euer bester Freund. Jedenfalls war es so: Melissa sagte mir, sie sei besorgt um dich. Deiner Nerven wegen. Sie sagte, du könntest nachts nicht schlafen, hättest häufig ganz unbegründete Ausbrüche schlechter Laune, und so weiter. Ich antwortete ihr, du solltest einen guten Nervenarzt aufsuchen, einen Mann wie Swanson. Er hat seine Praxis in der Wimpole Street – he, was ist los, alter Junge? Fühlst du dich nicht wohl?«

»Weiter.«

»Ja, dieser Norman Swanson ist einer der führenden Männer auf seinem Fachgebiet und dabei noch ziemlich jung. Übrigens, hast du ihn aufgesucht?«

»Nein, eben nicht! Und das ist wirklich sehr merkwürdig, weil –«

»Du hättest es aber tun sollen, alter Junge. Mir hat er unglaublich gut geholfen. Du erinnerst dich an dieses böse Durcheinander, das ich vor ungefähr einem Jahr hatte? Als ich in Knightsbridge einen alten Mann niederfuhr und ein verdammter Taxifahrer beschwören wollte, ich wäre betrunken gewesen?«

»Ja, ich erinnere mich.«

»Nun, wie du weißt, sprach das Gericht mich frei. Trotzdem machte diese Sache mich fertig, ich verlor fast die Nerven. Viel darüber reden konnte ich natürlich nicht, denn wenn in Rennkreisen das Gerücht aufkommt, ein Rennfahrer hätte die Nerven verloren, läßt man ihn fallen wie eine heiße Kartoffel. Aber Swansons Behandlung rettete mich. Ohne ihn wäre ich beruflich erledigt gewesen.«

Ich ließ ihn weiterschwatzen, weil ich wußte, daß er es hauptsächlich tat, um sein Unbehagen zu überspielen. Unsere Unterhaltung gefiel ihm ganz und gar nicht. Aber er konnte mich nicht gut vermeiden, da ich neben ihm saß und nicht auszusteigen gedachte, ehe ich alles gehört hatte, was er mir zu diesem Thema sagen konnte. Ich war überzeugt, daß er mir etwas vorenthielt.

Als er schwieg, um neuen Atem zu schöpfen, versuchte ich es wieder. »Was sagte Melissa wirklich über mich, Don?«

Er leckte sich die Lippen und wiederholte die bereits gebrauchten Phrasen über Schlaflosigkeit, schlechte Laune, und so weiter.

»Und außerdem?« beharrte ich.

»Und außerdem – wie meinst du das?«

»Was sagte Melissa noch über mich?«

»Nun, äh, sie sagte, du wärst mit den Nerven herunter, könntest kaum noch schlafen, und sie hätte – also, wenn du es unbedingt wissen mußt –, sie sagte, sie hätte Angst vor dir.«

Ich weiß nicht genau, was ich erwartet hatte, aber das war es jedenfalls nicht.

»Was?« keuchte ich. »Melissa hatte Angst vor mir?«

»Ich fürchte, ja, alter Junge«, murmelte Don.

Ich dachte einige Momente lang über diese erschreckende Eröffnung nach. Dann fragte ich: »Ist da noch mehr dieser Art?«

»Nun, sie sagte, du hättest dich verändert seit den frühen Tagen eurer Ehe. Sie sagte, manchmal wärst du wie ein ganz anderer Mensch.«

Eine Sekunde lang flackerte eine furchtbare Ahnung durch meinen Verstand wie ein scheußliches Gespenst.

War ich schizophren? Ein Dr. Jekyll und Mr. Hyde in einer Person? Gab es zwei Hälften meiner Persönlichkeit, eine düstere und eine lichte? Geriet ich in Phasen tiefster Bewußtseinstrübung, in denen ich nicht wußte, was ich tat? Wie zum Beispiel vergangenen Abend, als ich dachte, ich hätte drei friedliche Stunden mit der Arbeit an meinem neuen Roman verbracht, während ich in Wirklichkeit ... Dieser Gedanke war zu grausam, um weiterverfolgt zu werden.

Aber was wußte ich wirklich über Schizophrenie? Nicht mehr als jeder Durchschnittslaie. Nur ein Spezialist würde mir sagen können, was dieser Begriff wirklich bedeutete und ob er auf mich zutraf. Ein Spezialist wie Dr. Norman Swanson, mit seiner Praxis in der Wimpole Street.

Ich ließ Don anhalten, bedankte mich bei ihm und stieg aus. Er winkte mir einen Abschiedsgruß und fuhr weiter, offensichtlich erleichtert. Ich sah auf meine Uhr. Es war spät, aber mit etwas Glück würde ich den Doktor vielleicht eben noch erreichen können, bevor er seine Praxis verließ. Ich pfiff ein Taxi herbei und bot dem Lenker den doppelten Fahrpreis, falls er sich beeilte.

Ich klingelte ausdauernd an Dr. Swansons Praxistür und wünschte mir sehnlich, daß jemand käme. Die Inschrift an der Tür besagte, daß die Sprechstunden längst vorüber waren. Ich konnte nur hoffen, daß irgendwelche schriftlichen Arbeiten ihn zurückgehalten hätten.

Endlich hörte ich das Klicken hoher Hacken. Die Tür wurde aufgemacht; ein hübsches junges Mädchen in weißem Kittel lächelte mir zu.

Ich sagte: »Ich möchte Doktor Swanson sprechen. Es ist dringend.«

Sie zögerte einen Moment lang und schien zu überlegen. Dann antwortete sie mit angenehmer Stimme: »Ach, Mr. Foster – nicht wahr? Es tut mir leid, ich erkannte Sie nicht gleich.«

Ich starrte sie bloß an und vergaß wahrscheinlich, den Mund zuzumachen. Ich hatte sie nie zuvor gesehen.

Sie sagte: »Aber, Mr. Foster, Ihr Termin ist doch eigentlich erst an einem Tag Mitte nächster Woche – nicht wahr?«

»Termin? Ich – äh – ich weiß nichts davon.«

Sie schenkte mir ein freundliches Lächeln. »Oh, dann ist es wohl Ihrem Gedächtnis entfallen. Wir vereinbarten einen Tag in der nächsten Woche, als Sie letztesmal hier waren – wann ist das gewesen? Ende März, nicht wahr?«

Ich hatte Mühe, meine durcheinandergeratenen Gedanken zu sammeln.

»Hören Sie, Miss, ich muß Doktor Swanson sprechen! Es ist wirklich sehr dringend.«

»Ach, es tut mir leid, Mr. Foster. Aber der Doktor befindet sich heute abend gar nicht in der Stadt. Er wird erst morgen nachmittag zurück sein.«

Ich unterdrückte eine Verwünschung und sagte: »Bestellen Sie Doktor Swanson, ich muß ihn sprechen. Es ist eine Sache um Leben oder Tod. Morgen nachmittag um fünf bin ich wieder hier.«

Damit machte ich kehrt und ging fort, ohne recht zu wissen, wohin eigentlich. Wenig später wußte ich es. Der Weg bis zu meiner Wohnung war weit, aber ich hatte mich entschlossen, ihn zu Fuß zurückzulegen. Ich hoffte, die kühle Abendluft würde mir den Verstand klären.

Indessen war ich einer Lösung der Probleme immer noch nicht näher, als ich schließlich den Schlüssel in meine Wohnungstür steckte und mich selbst einließ. Die Abendpost war gekommen; zwei oder drei Drucksachen und ein Brief meines Verlegers lagen auf der Fußmatte. Ich bückte mich danach, schob die

Drucksachen achtlos in die Tasche und öffnete erwartungsvoll den Brief des Verlegers. Meine Erwartungsfreude schwand, als ich die bedrückend niedrigen Zahlenangaben über den Verkauf meines letzten Romans las.

Nach und nach stahl sich etwas anderes in mein Bewußtsein. Der Brief flatterte unbeachtet zu Boden, als mir klar wurde, daß die Wohnung förmlich vibrierte vor – Musik! Melissas Melodie! Sie kam aus dem Wohnzimmer.

Ich eilte zur Wohnzimmertür. Gott allein weiß, was ich zu finden hoffte. Dachte ich, Melissa wäre mir zurückgegeben worden? Würde sich alles als ein Alptraum erweisen? Als eine Fehlidentifizierung? War jemand anders ermordet worden? War es wirklich Melissa gewesen, die am Telefon mit mir sprach – zu einer Zeit, als sie nach Meinung der Polizeiärzte schon tot war? Zwei, drei Sekunden lang hoffte ich auf ein Wunder.

Aber nichts von Wunder. Das Wohnzimmer war leer, ebenso die ganze Wohnung. Als einziges Zeichen von Leben mochte die winzige elektrische Birne gelten, die aufleuchtet, wenn der Plattenspieler eingeschaltet ist. Die grellen Klänge der modernen Konzertgitarre verschmolzen mit Saxophontönen, dann füllte das bizarre Gedröhn der Hammondorgel den Raum. Ich blieb beim Plattenspieler stehen und beobachtete fasziniert, wie die Platte mit ›Melissas Melodie‹ auslief und der automatische Tonabnehmer sich von ihren abgespielten Rillen hob.

Benommen, wie ich war, hatte ich doch genug Geistesgegenwart, um zu begreifen, daß Plattenspieler sich nicht von allein einschalten. Ich räusperte mich und rief in die unheimliche Stille hinein: »He! Wer, zum Teufel, hat das eingeschaltet?«

Keine Antwort. Ich durchsuchte die Wohnung noch einmal. Sie war leer. Aber irgendwer mußte dagewesen sein. Denn auf meinem Schreibtisch, zwischen der Schreibmaschine und Melissas gerahmter Fotografie, stand die rot-golden gestreifte Hutschachtel mit der kolossalen Seidenschleife. Und auf dem Deckel der Schachtel lag ganz beiläufig ein Paar teurer Wildlederhandschuhe.

3

Ich bin nicht ganz sicher, warum. Aber Inspektor Cameron hatte mir zwei Telefonnummern gegeben – eine von Scotland Yard und eine private –, über die ich ihn erreichen konnte, wann immer es nötig wäre. Ich betrachtete die Handschuhe, berührte sie aber nicht, und betrachtete die gestreifte Hutschachtel. Dann wählte ich Camerons Privatnummer. Als er sich meldete, berichtete ich, daß Hutschachtel und Handschuhe aufgetaucht seien. Er versprach, binnen einer halben Stunde zu kommen. Als er genau achtundzwanzig Minuten später eintraf und dann dastand, Hutschachtel und Handschuhe anstarrend, wirkte er zuvorkommend und wohlwollend wie eh und je. Aber in seinen Augen lag ein Glühen, das seine Gesichtszüge von innen her zu illuminieren schien.

Er bat mich, zu erläutern, wie die Gegenstände auf meinen Schreibtisch gekommen seien. Erklären konnte ich natürlich nichts. Aber ich erzählte ihm, wie ich den Nachmittag verbracht hatte. Er verhörte mich ein bißchen, versuchte einige Male sogar, mir Fallen zu stellen, und schien schließlich meine Version zu akzeptieren, so dünn sie auch klingen mochte.

Hiernach wickelte er die Handschuhe behutsam in ein sauberes Taschentuch, legte sie beiseite und öffnete die Hutschachtel. Ich will nicht behaupten, daß einer von uns erwartet hätte, darin eine Zeitbombe zu finden. Dennoch war ich nicht ganz vorbereitet auf das sozusagen extremste Gegenteil, das nun zum Vorschein kam. Denn die Hutschachtel enthielt – einen Hut. Sonst nichts. Bloß dieses kleine frivole Gebilde aus Seide und Federn mit einem schwarzen Veloursband. Cameron notierte Namen und Adresse der Bond-Street-Firma, die das Hütchen geliefert hatte, und legte den Hut wieder in die Schachtel.

Auf die eingewickelten Handschuhe deutend, fragte er: »Vermutlich wissen Sie nicht, wo Ihre Frau diese gekauft hat, Mr. Foster – oder?«

»Tut mir leid, Inspektor, da kann ich nicht helfen.«

Er brummte irgend etwas und schlenderte zum Kamin, wo er, den Rücken mir zugekehrt, einige Sekunden lang stehenblieb. Er war eine eindrucksvolle Erscheinung, groß, breitschultrig, muskulös, nach meiner Schätzung gut zweihundert Pfund schwer. Im Gegensatz zu meiner bisherigen Meinung über die äußere Aufmachung von Kriminalbeamten verwendete er Sorgfalt auf seine Kleidung. Sein Anzug aus gutem dunklem Tuch war maßgeschneidert, sein Hemd makellos sauber, modern und elegant. Selbstverständlich trug er auch sehr gute Schuhe.

Als er sich nun umdrehte, empfand ich allerdings wieder die merkwürdige Wucht seines massiven, walroßähnlichen Gesichts mit den großen, intelligenten Augen und den etwas spärlichen Haarsträhnen, die nicht nach hinten, sondern nach vorn gekämmt waren – eine bei Julius Cäsar oder gewissen modernen Schallplattenjockeis entliehene Frisur, die meines Erachtens nicht unbedingt zu einem Scotland-Yard-Inspektor mittleren Alters paßte.

Da ich seinen Blick ernst und fragend auf mich gerichtet sah, hatte ich das Gefühl, unmittelbar vor einem weiteren höflich, aber mit tödlicher Konsequenz geführten Kreuzverhör zu stehen. Ich nahm in einem Sessel Platz, zündete eine Zigarette an und machte mich auf allerlei neue Überraschungen gefaßt.

Er sagte: »Mr. Foster, vor einer Stunde hatte ich einen Telefonanruf von Doktor Swanson. Er war beunruhigt, was mich im großen und ganzen nicht wundert. Er erzählte, seine Sekretärin habe ihn benachrichtigt, Sie beständen darauf, ihn morgen nachmittag um fünf Uhr zu sprechen.«

»Ja, in der Tat, das will ich, wie ich Ihnen bereits sagte.«

»Hätten Sie etwas dagegen, Sir, wenn ich bei der Unterredung anwesend wäre?«

»Bestimmt nicht. Da dieser Mann offenbar ein Lügner ist, wüßte ich es zu schätzen, wenn Sie dabei sein würden.«

»Sie stehen nach wie vor zu Ihrer Angabe, Doktor Swanson bis jetzt nicht begegnet zu sein? Ihn niemals konsultiert zu haben?«

»Ganz entschieden stehe ich dazu!«

Er zündete sich eine Zigarette an. Ich hatte den Eindruck, daß er das Thema Swanson bis auf weiteres als beendet betrachtete. Nachdem er sein Zündholz ausgeblasen und in den Aschenbecher gelegt hatte, griff er ein neues Thema auf und fragte: »Wann begegneten Sie Mrs. Foster zuerst, Sir.«

»Vor ungefähr drei Jahren.«

»Unter welchen Umständen?«

»Paula – Mrs. Hepburn – machte uns miteinander bekannt. Die Hepburns waren auf demselben Schiff wie Melissa von Kapstadt gekommen. Meine Frau stammte aus Südafrika, wie ich schon erwähnte. Ihre Eltern sind seit einiger Zeit tot. Sie hatte keine Verwandten und entschloß sich, nach England zu kommen, um ihr Glück beim Fernsehen oder beim Theater zu versuchen.«

»Hatte sie damit Erfolg?«

»Ich fürchte, ich kam ihr irgendwie in die Quere. Das heißt, ich heiratete sie, ehe sie wirklich anfangen konnte.«

»Ich verstehe. Und Sie waren damals als Journalist tätig, glaube ich? Sie arbeiteten eine Reihe von Jahren beim ›London Mercury‹, wenn ich nicht irre?«

»Neun Jahre lang. Dann ging das Blatt ein.«

Cameron nickte. »Was geschah dann, Sir?«

»Man offerierte mir einen Job bei einem anderen Blatt, aber ich lehnte ab. Ich hatte immer den Wunsch gehabt, als freier Schriftsteller zu arbeiten. So erschien mir die neue Situation wie ein Geschenk des Himmels.«

»War Mrs. Foster glücklich über Ihre Entscheidung?«

»Nicht sehr. Sie hätte mich lieber in einer festen Anstellung gesehen.«

»War dies ein Zankapfel zwischen Ihnen beiden, Mr. Foster?«

Ich zuckte die Achseln. Es wäre sinnlos gewesen, leugnen zu wollen, was er zweifellos schon von anderer Seite gehört hatte.

»Hin und wieder stritten wir uns deswegen«, sagte ich. »Es war aber nicht die einzige Quelle unserer Unstimmigkeiten. Meine Frau war extravagant, manchmal geradezu töricht extravagant. Und Geld stand uns nicht allzu reichlich zur Verfügung. Zum Beispiel kaufte sie mehr Hüte als jede andere Frau, die ich kenne, schien aber nicht im geringsten interessiert, diese Hüte auch zu tragen.«

»Ja, ja, Frauen haben bisweilen seltsame Eigenschaften. Besaß Mrs. Foster eigenes Geld?«

»Als wir heirateten, hatte sie noch ungefähr dreihundert Pfund, doch die schmolzen schnell dahin.«

Cameron brummte etwas Unverständliches, verließ seinen Posten beim Kamin, ging in die Vordiele und kam mit einer Aktenmappe zurück. Es war eine ganz schlanke Aktenmappe, ein Nichts im Vergleich zu dem Handkoffer vom vorigen Tag. Er verzichtete diesmal auf dramatische Spannung, machte die Aktenmappe auf und entnahm ihr eine Halskette, einen Ring, eine Brosche und ein Paar Ohrringe. Der Anblick machte mir das Herz schwer. Es waren die Schmuckstücke, die Melissa zu

Don Pages Party angelegt hatte. Als Cameron fragte, ob mir die Stücke bekannt seien, bejahte ich es.

Dann erkundigte er sich: »Haben Sie sie für Ihre Frau gekauft, Mr. Foster?«

»Ja. Das heißt, ich gab ihr das benötigte Geld. Sie erlaubte mir nie, Dinge für sie auszusuchen, insbesondere Schmuckstücke. Sie sagte, ich verstünde nichts davon.«

»Hmm.« Cameron nahm die Brosche auf. »Wieviel ist dieses Stück wert, Sir?«

Ich dachte einen Moment lang nach. »Sie kaufte es letzte Weihnachten. Ich gab ihr fünfunddreißig Pfund.«

»Und die Ohrringe, Sir? Wieviel haben die gekostet?«

»Ungefähr dasselbe, glaube ich. Vielleicht etwas mehr.«

Cameron lächelte mitleidig. »Ihre Frau hatte recht, Mr. Foster. Ich fürchte, Sie verstehen wirklich nichts von Schmucksachen. Dieses Stück« – er wies auf die Brosche – »ist ungefähr dreihundert Pfund wert.« Er wies auf das Paar Ohrringe und den Ring. »Beides zusammen ungefähr neunhundert Pfund. Die Perlenkette, ebenfalls echt, ist etwa zweihundertfünfzig Pfund wert.«

Ich starrte ihn fassungslos an. »Scherzen Sie, Inspektor? Es ist doch Unsinn, anzunehmen –«

»Sir, ich fürchte, es ist kein Unsinn. Diese Juwelen sind bei uns von zwei Sachverständigen geprüft worden. Der Schmuck, den Ihre Frau vorgestern abend trug, stellte einen Wert von annähernd fünfzehnhundert Pfund dar.«

Er legte die Schmuckstücke wieder in die Aktenmappe, schloß diese und ging in die Vordiele, um sich Hut und Mantel zu holen. Als er zurückkam, machte er beim Schreibtisch halt, um auch das Taschentuch mit den Handschuhen in die Mappe zu legen.

»Ich muß jetzt nach Hause, Mr. Foster. Selbst ein Scotland-Yard-Inspektor hat Anspruch auf wöchentlich eine oder zwei Nächte im Bett. Auch Sie sehen übrigens ziemlich müde aus. Ich nehme an, ein ausgiebiger Schlaf täte Ihnen gut. Man hat, wissen Sie, auf der Welt nichts Wertvolleres als die eigene Gesundheit. Gute Nacht, Mr. Foster.«

Damit ging er.

Ich war nicht ganz sicher, ob seine letzten Worte eine Anspielung enthalten hatten. Viele Leute schienen um meine Gesundheit besorgt. Es mochte interessant sein, zu hören, was Dr.

Swanson über dieses Thema zu sagen hatte, wenn wir – der Inspektor und ich – ihm am folgenden Nachmittag um fünf gegenübersitzen würden.

Ich erwachte am nächsten Morgen einigermaßen ausgeruht und spazierte, nachdem ich ein selbstbereitetes Frühstück verspeist hatte, nach West End hinüber, um in die Schaufenster von Geschäften wie ›Asprey's‹, ›Garrarda's‹ und ähnlichen zu sehen. Für einen Versuch, Kenntnisse über Juwelen zu erwerben, war es wohl etwas zu spät in meinem Leben. Ich fürchte, ich verschwendete eine Menge Zeit mit dem Bemühen, merkliche Unterschiede wahrzunehmen zwischen den winzigen funkelnden Objekten, die hier, mit astronomischen Preisen ausgezeichnet, auf kostbaren Samtkissen lagen, und den Kostümjuwelen, die Selfridges Warenhaus zum Kauf anbietet. Ganz ehrlich gesagt – es war eine fremde Sprache für mich; ich konnte beim besten Willen nicht erkennen, wodurch sich die Imitationen von den echten Stücken unterscheiden. Und ich wußte, daß ich es niemals begreifen würde.

Diamanten sind – so hat uns Anita Loos einst versichert – eines Girls beste Freunde. Die instinktive Fähigkeit, den Wert von Schmuckstücken zu erkennen, ist vermutlich jeder Frau seit Eva angeboren. Aber wie hatten dann Melissas Freundinnen versäumt zu erspähen, daß sie echten Schmuck trug? Ich beschloß, hierüber Paula Hepburn zu befragen.

Ich nahm ein Taxi zur Hepburnschen Wohnung am Eaton Square und fand beide, Paula und Felix, Hausmäntel über den Pyjamas, bei einem späten Frühstück.

Nach etwas verlegener Begrüßung fragte Paula: »Hast du denn schon gefrühstückt, mein Herzblatt?«

»Ja, danke.«

»Dennoch könntest du eine Tasse Kaffee von mir annehmen«, beharrte sie. Weil ihr offenbar daran lag, sich als Hausmütterchen zu geben, versuchte ich gar nicht erst, es ihr auszureden. Nachdem sie mir Kaffee eingeschenkt hatte, kam ich ohne Umschweife auf den Zweck meines Besuchs.

»Paula, ich habe gestern abend mit Inspektor Cameron gesprochen. Du kennst Melissas Schmucksachen. Nun, anscheinend sind sie viel mehr wert, als ich dachte – allein die Brosche dreihundert Pfund. Alles in allem trug Melissa vorgestern abend für knapp fünfzehnhundert Pfund Schmucksachen mit sich herum.«

Felix bekam buchstäblich Stielaugen. »Na, jetzt brate mir einer aber 'n Storch! Wußtest du etwas davon, Paula?«

Wir beide blickten Paula an. Sie schien sehr davon beansprucht, ihren Kaffee umzurühren.

»Paula«, sagte ich, »du bist eine Frau, und Frauen verstehen sich auf solche Dinge. Du mußt gewußt haben, daß sie echten Schmuck trug.«

Paula nickte, ohne aufzublicken. »Nun, ja, es stimmt, ich hatte meine Zweifel. Tatsächlich habe ich mal mit ihr darüber gesprochen.«

Felix war erstaunt. »Wirklich, altes Mädchen? Wann war das?«

»Oh, vor acht oder neun Monaten etwa. Aber sie lachte mich nur aus, sie behandelte die ganze Sache als Spaß. So nahm ich an, daß ich mich geirrt hatte. Ich meine, heutzutage werden ja phantastisch raffinierte Imitationen gemacht. Und außerdem fragte ich mich, wie Melissa denn imstande sein sollte, echten Schmuck zu kaufen.«

»Genau das frage ich mich jetzt auch«, sagte ich ingrimmig. »Höre, Paula, du warst Melissas beste Freundin. Sie muß dir dann und wann diese seltsam jungmädchenhafte Vertrauensseligkeit erwiesen haben, die Frauen ihrer Art gewöhnlich noch lange anzuhaften pflegt. Hast du nicht irgendeine Idee, wie –«

Paula hob die Hand wie ein Verkehrspolizist. »Halt, Guy! Es stimmt, daß wir eine Menge Spaß miteinander hatten, aber so nahe standen wir uns doch nicht. Ich glaube, niemand stand ihr so nahe. Melissa war in mancher Hinsicht seltsam. Man konnte glauben, von ihr weit ins Vertrauen gezogen zu sein, aber plötzlich – peng! – knallte eine Tür zu, und man fand sich ausgesperrt. Ich habe niemals wirklich gewußt, was in ihrem hübschen Kopf vorging.«

»Ich glaube, das wußte niemand«, murmelte Felix versonnen. »Ausgenommen vielleicht Don.«

»Don?« schnappte ich.

»Na ja, ich denke immer, unser guter alter Don war wohl besser auf Melissa abgestimmt, als sonst jemand.«

Paula bedachte ihn mit einem vernichtenden Blick, vielleicht auch mit einem Fußtritt unter dem Tisch.

Er hüstelte, als ihm sein Schnitzer bewußt wurde. Hastig

fügte er für mich hinzu: »Natürlich abgesehen von dir, alter Junge. Ich sprach nur von ihren Freunden.«

»Zu denen ich wohl nicht gehörte?« fragte ich bissig.

Paula schnaufte empört. »Wirklich, Felix! Ich weiß nicht, was haarsträubender ist – deine monumentale Taktlosigkeit oder deine tölpelhaften Versuche, die Dinge dann wieder zurechtzuflicken!« Sie sah mich an, lächelte ihr ansteckendes Lächeln, und plötzlich mußten wir beide lachen. Felix wirkte äußerst verdutzt. »Hör mal, Guy«, sagte Paula, nachdem unser Lachen verklungen war, »heute früh hatten wir einen Anruf von Don. Ich vermute, er ist letzte Nacht nicht im Bett gewesen. Er sagte, du wärst gestern nachmittag zu ihm gekommen, als er gerade nach Coventry starten wollte.«

»Ich hatte ihm einige Fragen zu stellen.«

»Wegen Melissa?«

»Ja. Die Polizei fand in Melissas Handtasche die untere Hälfte eines ärztlichen Rezepts, ausgestellt von einem gewissen Doktor Swanson. Der Inspektor befragte mich deswegen. Bis dahin hatte ich von diesem Swanson nie gehört.«

»Hättest du denn von ihm gehört haben sollen, alter Junge?« fragte Felix.

Ich erzählte ihnen die ganze Geschichte, soweit ich sie bis jetzt kannte.

Felix war ehrlich entrüstet. »Weshalb, zum Teufel, faselt dieser Quacksalber solchen Haufen Lügen?«

Ich zuckte die Achseln. »Das weiß ich nicht. Aber ich bin fest entschlossen, es herauszufinden.«

»Guy«, fragte Paula, »weshalb machte sich Melissa deinetwegen Sorgen?«

»Sie dachte, ich wäre krank oder irgend so etwas.«

»War das ihr einziger Grund?«

»Nein. Da war noch etwas, und es ist nicht sehr hübsch. Sie erzählte Don, sie hätte Angst vor mir.«

»Was?« fuhr Felix auf. »Das ist ja grotesk! Woher, um alles in der Welt, hatte sie solche Ideen? Oder waren es Dons Ideen? Zu uns hat sich Melissa doch nie in diesem Sinne geäußert – nicht wahr, Paula?«

Ich beobachtete Paula aufmerksam und merkte, daß sie meinen Blick vermied.

»Nun, Paula?« drängte ich.

Sie produzierte ein kaum merkliches Achselzucken. »Aber

nein, Herzblatt, natürlich nicht. Es ist grotesk, wie Felix sagt. Wirklich, grotesk! Guy, Lieber, dein Kaffee wird kalt.«

Sie vermied meinen Blick noch immer, und ich spürte, daß sie nicht die Wahrheit sagte. Zu machen war dagegen nichts. Wenn sie nicht zugeben wollte, daß Melissa zu ihr von denselben Ängsten gesprochen hatte wie zu Don Page, dann durfte ich – wie ich sie kannte – ziemlich sicher sein, daß sie nur schwieg, um mir nicht weh zu tun.

Es schien mir sinnlos, noch länger bei den Hepburns zu bleiben. Felix redete allerlei geschwollenes Zeug, hauptsächlich um seiner Empörung über diesen Swanson Luft zu machen, und Paula versuchte mich mit vielen mütterlich liebevollen Worten zu überzeugen, daß ich unbedingt zum Lunch bleiben müßte. Aber irgendwie konnte ich mich verabschieden und gehen, ohne die beiden zu verletzen.

Ich wollte allein sein, um über das Geheimnis der teuren Juwelen nachzudenken, die meine mittellose Frau besessen hatte, und um mich auf die kommende Begegnung mit Dr. Swanson vorzubereiten. Ich will ganz aufrichtig sein; ich glaube, insgeheim fürchtete ich dieses Zusammentreffen ebensosehr, wie ich es herbeisehnte. Wünscht ein kranker Mann wirklich zu erfahren, was ihm fehlt? Würde es mir wirklich nichts ausmachen, das Wort ›schizophren‹ zu hören?

Dr. Swanson gebrauchte dieses Wort nicht. Es hing sozusagen ständig in der Luft, und er umkreiste es wie ein sehr wachsames, geschmeidiges Tier. Aber er stempelte mich nicht als einen Schizophrenen ab. Er deutete nicht einmal an, daß ich eine gespaltene Persönlichkeit hätte und fähig wäre, Gewaltverbrechen zu begehen, während mein normales Bewußtsein schlief. Er formulierte seine Meinung viel einfacher.

Nachdem ich ungefähr zum zehnten Male hitzig bestritten hatte, dem Doktor je zuvor begegnet zu sein, fragte Inspektor Cameron ruhig: »Doktor Swanson, es gibt doch bestimmt eine ganz einfache Erklärung für dies alles – nicht wahr?«

»Sicher gibt es eine ganz einfache Erklärung, Inspektor«, bestätigte der Doktor unter gravitätischem Kopfnicken; dann rückte er seine dicke, horngefaßte Brille zurecht, stützte die Ellbogen auf den Schreibtisch und legte elegant seine Fingerspitzen gegeneinander. »In der Tat gibt es zwei völlig logische Alternativen. Entweder versucht Mr. Foster vorsätzlich, die Tatsache zu leugnen, daß er mich vor zwei Wochen aufsuchte – was ich in diesem Fall nicht glaube –, oder er hat einfach vergessen, daß er schon einmal bei mir war.«

Ich studierte Swanson sorgfältig, während er sprach. Jeder kann sich eine gewisse Anonymität verschaffen, wenn er eine Uniform anzieht, und ein weißes Arztjackett ist eine Art Uniform. Mir wäre es lieber gewesen, Swanson auf der Straße zu treffen. Kleider mögen den Mann machen oder nicht – auf jeden Fall verhilft eines Mannes Geschmack in Stoffart und Schnitt und Farbe, verhilft seine Wahl von Hut und Krawatte und Schuhen sehr oft zu richtigen Rückschlüssen auf seine Persönlichkeit. Swansons weißes Arztjackett, weißes Hemd und nüchterner Schlips sagten mir nichts. Und der Rest dieses Mannes war hinter dem Schreibtisch verborgen. Was blieb, waren seine Gesichtszüge. Er hatte einen schmalen, eiförmigen Kopf, straff zurückgebürstetes schwarzes Haar, unbestimmbare, da hinter der dicken Brille versteckte Augen, blassen Teint, straff über die Knochen gespannte Haut, dünne Lippen, betontes, sehr sauber rasiertes Kinn. Seine Stimme war kultiviert, sein Verhalten höflich, aber entschieden. Ich schätzte ihn auf Anfang vierzig.

»Sie haben Miss Dean, meine Sekretärin, getroffen, Inspektor«, fuhr er fort. »Wie Sie wissen – und wie Mr. Foster ausdrücklich bestätigt –, erkannte sie, ohne auf diesen Besuch vorbereitet zu sein, Mr. Foster fast unverzüglich, als er am gestrigen Spätnachmittag hierherkam. Sie ist sehr intelligent, aber ich glaube nicht, daß man ihr halbwegs übernatürliche Gaben nachsagen kann. Heute wußten wir beide, Miss Dean und ich, daß Mr. Foster kommen würde. Gestern jedoch fiel er gewissermaßen direkt vom Himmel vor meine Praxistür. Wie hätte Miss Dean sogleich wissen können, wer er ist – wäre er nicht ein Patient von uns?«

Ich wechselte einen Blick mit Inspektor Cameron. Was ich in seinen Augen las, war nicht besonders ermutigend. Ich spürte, daß er noch versuchte, mir gegenüber objektiv zu bleiben, daß ich aber durch Dr. Swansons präzise Dialektik und professionelle Sachlichkeit immer mehr ins Hintertreffen geriet. Die scharfen Zähne einer Panik begannen an meinen Nerven zu nagen.

Unklugerweise brauste ich auf: »Also, nehmen wir der Sache zuliebe an, ich wäre, wie Sie behaupten, am 27. März hierher gekommen! Was geschah bei dieser Gelegenheit? Versuchte ich aus dem Fenster zu springen? Wollte ich Ihre Sekretärin beißen? Wie benahm ich mich?«

Swanson erwiderte düster: »Sie wissen ganz genau, Mr. Foster, was sich zwischen uns abspielte.«

»Nein, eben nicht! Deswegen würde ich gerne Ihre Darstellung hören! Und vergessen Sie nicht – Inspektor Cameron war bei dieser mysteriösen Konsultation nicht zugegen. Er dürfte besonders interessiert sein, zu hören, was stattfand!«

Mein Ton irritierte Swanson nicht. Er wandte sich höflich an den Inspektor: »Vor einem außenstehenden Dritten den Fall eines Patienten zu diskutieren, widerspricht den Grundsätzen unserer Berufsethik. Da jedoch der Patient selbst es wünscht, sind Sie wohl einverstanden, wenn ich fortfahre, Inspektor?«

»Ich wäre daran sehr interessiert, Sir«, bestätigte Cameron ruhig.

»Nun gut.« Swanson machte eine Schreibtischschublade auf und nahm ein großes flaches Buch heraus. Er suchte am Randregister den Buchstaben ›F‹, öffnete das Buch, überflog die betreffende Seite und sah den Inspektor an.

»Zunächst suchte Mrs. Foster mich auf. Sie sagte mir, daß ihr Gatte nicht schlafen könnte. Sie sagte, er wäre ständig ›auf der Kippe‹ – das waren ihre eigenen Worte – und sehr eifersüchtig. Auf meine Bitte, letzteres genauer zu erläutern, sagte sie, ihr Gatte habe sie beschuldigt, eine Liebschaft mit einem anderen Mann zu unterhalten, und –«

»Das ist lächerlich!« rief ich. »Nie im Leben habe ich so etwas gesagt!«

Cameron warf mir einen verweisenden Blick zu und bat den Doktor, fortzufahren.

»Ein Weilchen später, als Mr. Foster mich aufsuchte, befragte ich ihn über diesen Punkt, und er gab unumwunden zu, daß er sich Sorgen über die eheliche Treue seiner Frau mache. Er sagte, er habe keinen wirklichen Beweis, daß sie Beziehungen zu einem anderen Mann unterhalte, aber im Hintergrund seiner Gedanken lauere ständig dieser entsetzliche Argwohn. Lassen Sie mich nun einiges aus der damals geführten Unterhaltung zitieren, Inspektor. Frage: ›Haben Sie hierüber mit Ihrer Frau gesprochen?‹ Antwort: ›Ja.‹ Frage: ›Haben Sie ihr gesagt, daß Sie sie beargwöhnen? Daß Sie denken, sie unterhalte Beziehungen zu einem anderen Mann?‹ Antwort: ›Ja, das habe ich. Sie bestritt es.‹ Frage: ›Und Sie konnten sich nicht entschließen, Ihrer Frau zu glauben, Mr. Foster – ist es so?‹ Antwort: ›Ich möchte ihr glauben. Ich habe versucht, ihr zu glauben. Gott weiß, daß ich es versucht habe. Aber es geht nicht.‹«

»Das ist nicht wahr!« Ich schlug mit der Faust auf den Schreibtisch, und Swanson zuckte zusammen. »Niemals habe ich Melissa verdächtigt, mit irgendwem eine Liebschaft zu haben! Nicht mal der Gedanke daran ist mir in den Sinn gekommen!«

Inspektor Cameron gebot mir mit einer Handbewegung Ruhe.

»Doktor Swanson«, fragte er, »zu welchem Schluß kamen Sie nach dieser Unterhaltung mit Mr. Foster?«

»Ich fürchte, zu einem endgültigen Schluß kam ich nicht. Aber ich nahm an, er leide wahrscheinlich an einer Zwangsneurose. Deshalb vereinbarte ich einen weiteren Besuch und gab ihm für die Zwischenzeit ein Rezept – jenes Rezept, das Sie in Mrs. Fosters Handtasche fanden. Das verordnete Sodium-Amytol ist ein bewährtes Beruhigungsmittel.«

Nie zuvor habe ich einen Mann gesehen, der mit so kühler Sicherheit und professioneller Korrektheit eine Lüge nach der anderen von sich gab. Allein seine Kühle reizte mich zu derartiger Wut, daß ich mich auf ihn gestürzt hätte, wäre nicht gerade noch im richtigen Moment seine Sekretärin hereingekommen, um ihn an eine dringende Verabredung zu erinnern. Ich konnte ihm nur noch zubrüllen, er sei der größte Lügner, den ich bisher getroffen hätte.

Völlig unberührt von dieser Beschimpfung erhob er sich, um hinauszugehen. Cameron folgte ihm. Und ich stand mit rotem Kopf da wie ein Narr.

Welch verheerende Art, diese Begegnung zu beenden! Ich hätte mich ohrfeigen mögen. Meine Selbstbeherrschung zu verlieren – das letzte, was ich mir hätte erlauben dürfen! Es entsprach genau jenen Dingen, deren ich verdächtigt wurde – Anfälligkeit für hysterische Ausbrüche, die den Keim der Gewalttätigkeit in sich trugen!

Ich nahm Hut und Mantel und schlich hinaus ins Wartezimmer. Swanson war mit Cameron in eine Art Vorraum gegangen, wo ich sie halblaut reden hörte.

Ich fürchte, ich belauschte, was dort gesprochen wurde.

Swanson sagte: »Leider habe ich Grund zu der Annahme, daß er ein kranker Mann ist, Inspektor.«

»Wie krank?«

»Wahrscheinlich jenseits des Punktes, bis zu dem ich hätte helfen können.«

»Hmmm ... Würden Sie mir bitte noch dieses sagen, Doktor: Ist es möglich, daß ein Mann, ein anscheinend gesunder Mann, einen Mord begeht und nichts davon weiß? Ich meine – nicht weiß, was er getan hat?«

Einige Sekunden vergingen, ehe der Doktor antwortete.

»Ja, es ist möglich, Inspektor. Unter bestimmten Voraussetzungen ist es möglich.«

4

Es konnte kaum Zweifel daran geben, daß mein Plan, Dr. Swanson zu stellen und als Lügner zu entlarven, sich als Fehlschlag erwiesen hatte. Zu Inspektor Camerons Ehre muß ich festhalten, daß er während der ganzen Unterhaltung peinlich neutral war und auch nachher jegliche Anspielung auf mein unrühmliches Abschneiden unterließ. Mitten auf dem Fahrdamm der Wimpole Street lüftete er einfach seinen Hut, schützte wichtige Geschäfte vor und pfiff ein Taxi herbei. Einen Moment später war er fort.

Dem entschwindenden Taxi nachblickend, strebte ich dem anderen Gehsteig zu und lief dabei gegen eine stahlgraue Bentley-Limousine, die am Straßenrand geparkt stand. Um nicht hinzufallen, mußte ich schnell mit einer Hand Halt an der blankpolierten Motorhaube suchen. Dabei hörte ich einen ärgerlichen Ausruf des livrierten Chauffeurs, der hinter dem Lenkrad saß. Normalerweise wären mir die deutlichen sichtbaren Fingerspuren peinlich gewesen, die ich auf dem äußerst gepflegten Auto hinterlassen hatte. Aber im Augenblick war ich zu sehr von eigenen Sorgen beansprucht, um mich mit Entschuldigungen aufzuhalten.

Eine Minute später sah ich an der Ecke Wimpole und Wigmore Street, wo ich auf ein Taxi wartete, dieselbe Bentley-Limousine wieder und wechselte einen unliebenswürdigen Blick mit dem hochmütigen Chauffeur. Einigermaßen überrascht war ich, als ich dann im Fond der Limousine keinen anderen als Dr. Swanson sitzen sah. Er studierte irgendein Schriftstück und schien mich nicht zu bemerken. Beim Hinterdreinblicken fiel mir die seltsame Zulassungsnummer des Bentley auf. Ich sagte sie halblaut vor mich hin und fand den Klang so komisch, daß ich sie im stillen ständig wiederholte, während ich auf der Suche nach einem Taxi die Wigmore Street entlangging, und sogar auch noch, als ich schließlich in einem Taxi saß, das mich nach Hause fuhr: NU 202 ... NU 202 ... NU 202 ...

Als kurz nach meiner Heimkehr das Telefon läutete, hätte ich mich beinahe mit dieser Autonummer statt mit meiner Telefonnummer gemeldet. Ausgemacht hätte das nichts; es war nur Felix.

»Ja, so was, Guy«, sagte er und klang dabei ziemlich atemlos. Nicht so, als ob er gerannt hätte – ich habe Felix nie im Leben rennen sehen –, sondern so, als hätte es ihn allerlei Mut gekostet, diesen Anruf zu machen.

»Na, gibt's was Besonderes, Felix?« fragte ich.

»Ja ... Das heißt, eigentlich nicht ... Nun, das heißt, ich überlege mir, ob du nicht meinst, daß es dir ganz guttun könnte, mal ein bißchen auszugehen –«

»Ich bin eben erst von einem Ausgang heimgekommen.«

»Ach so, ja, ja ... Nun, was ich meine, wäre eigentlich, ob du nicht mal ein Glas mit einem alten Freund trinken solltest, irgend so etwas. Es würde dich ein bißchen aus dir selbst herausholen – wenn du verstehst, wie ich mir das denke. Du kannst doch nicht dauernd dasitzen und grübeln –«

»Felix, ich versichere dir, daß ich nicht dasitze und grüble. Ich war sehr geschäftig. Übrigens, wessen großartiger Einfall ist das – Paulas?«

»Was sagtest du, alter Junge? Ach so, ja. Doch, doch – Paulas. Die zündende Idee jedenfalls. Aber von mir ist dieser praktische Vorschlag: Wollen wir uns nicht auf ein Bier in der Kneipe an der Vauxhall Bridge Road treffen, wo wir in unserer unsteten Jugend so oft gewesen sind?«

»Ein netter Vorschlag, Felix. Allerdings wollte ich mir eben eine Kleinigkeit kochen.«

»Recht so. Angenommen, wir treffen uns, wenn du gegessen hast? In einer Stunde oder so?«

»Fein.«

»Oh, noch etwas, Guy ...«

»Ja?«

»Sag niemandem etwas davon. Sei so gut, ja?«

Als ich, noch ziemlich verwundert über diese Bitte, den Hörer auflegte, ertönte die Türklingel.

Es war Don Page. Endlich einmal sah ich ihn nicht im Smoking. Er trug einen dunklen Anzug, einen dunklen Schlips und eine entsprechend düstere Miene.

»Hättest du – hättest du wohl eine Minute Zeit für mich, alter Freund?« fragte er nervös.

Sogar einem Blinden wäre aufgefallen, daß Melissas Tod alle meine Freunde ziemlich unsicher gemacht zu haben schien.

Ich sagte Don, daß ich eben im Begriff gewesen sei, mir ein Spaghettigericht zu kochen, und fügte hinzu: »Vielleicht möchtest du mit mir essen?«

Don beklopfte seinen gertenschlanken Leib. »Nein danke, Squire. Muß allen Teigwaren entsagen, damit der alte Kadaver bequem in die Rennwagen paßt. Aber ein Drink könnte mir nicht schaden.«

Daran war nichts Ungewöhnliches; Don pflegte die meisten seiner Kalorien in flüssiger Form zu nehmen.

»Was hast du denn auf dem Herzen, Don?« fragte ich, während ich ihm einen doppelten Whisky einschenkte, und wies mit einer Kopfbewegung auf die kleine Stahlkassette, die er in der linken Hand hielt. »Du wirkst so nervös. Hast du eine Bank beraubt?«

Er lachte ein bißchen, aber es klang nicht sehr überzeugend. Dann sagte er mit fast feierlichem Ernst: »Es wird höchste Zeit, daß du diese Kassette bekommst, Guy. Sie gehört jetzt dir, nehme ich an. Nach dem Gesetz, meine ich. Sie war Melissas Eigentum, und soviel ich weiß, hatte Melissa keine nahen Verwandten – oder?«

»Nein, sie hatte keine nahen Blutsverwandten mehr«, murmelte ich, während ich die Kassette entgegennahm. »Was ist darin?«

»Keine Ahnung, Squire.«

»Und woher hast du das?«

»Melissa bat mich, die Kassette für sie zu verwahren.«

»Wirklich?« Mein Ton mag etwas scharf geklungen haben. Jedenfalls stürzte Don den Rest seines doppelten Whiskys hinunter und blickte, meine Augen meidend, unstet im Zimmer umher.

»Wann bat Melissa dich, diese Kassette in Verwahrung zu nehmen, Don?«

»Nun, vor sechs Monaten ungefähr. Sieh mal, Squire, heute nachmittag traf ich zufällig Paula, und sie erzählte mir von den Schmucksachen – Melissas Schmucksachen, meine ich. Na, und ich denke, hierüber kann ich dich beruhigen. Ich habe eine ziemlich klare Vorstellung, woher die Sachen kamen.«

»Hast etwa du sie ihr geschenkt?«

Don feixte selbstzufrieden und drohte mir schalkhaft mit einem Finger. »Faule Fährte, Squire. Frauen geben mir Geschenke, nicht umgekehrt. Das hat mit meinem unwiderstehlichen Charme zu tun. Und mach dir keine wilden Gedanken über Melissa und mich. Zwischen uns hat es niemals irgendwelche Heimlichkeiten gegeben – egal, was gewisse Leute auch denken mögen.«

Ich wußte im Moment nicht recht, ob ich das hinnehmen oder ihm ein bißchen auf den Zahn fühlen sollte. Mochte es einstweilen auf sich beruhen. Melissas Liebhaber konnten warten – falls es welche gab; im Augenblick galt all mein Interesse der phantastischen Juwelensammlung, die sie sich zugelegt hatte. Ich bat Don, mir davon zu erzählen.

»Ja. Aber die Geschichte beginnt nicht gleich mit den Juwelen. Sie beginnt damit, wie Melissa zu den Juwelen kam. Sie gewann sie. Sie war die besessenste Spielerin, die ich je traf. Sie spielte um alles. Sie wettete auf Pferde, Hunde, Rennfahrer, Kricketspieler, Boxer und so weiter. Sogar zwei an der Wand krabbelnde Schmeißfliegen wären ihr ein Anlaß zum Wetten gewesen, sofern jemand mitgehalten hätte. Sie –«

»Aber wie, zum Teufel, konnte sie spielen und wetten?« warf ich ein. »Eigenes Geld hatte sie längst nicht mehr, und alles, was ich ihr gab, ging für Kleider und Hüte und allerlei Kinkerlitzchen drauf!«

Don lachte. »Mein lieber Guy, du begreifst nicht! Die meisten Leute spielen und – verlieren. Melissa war eine der seltenen Ausnahmen, die spielen und gewinnen!«

»Was, jedesmal?«

»Beinahe jedesmal. Sie war phantastisch.«

»Wieviel hat sie gewonnen?«

Don zuckte die Achseln. »Das weiß allein der Himmel.«

»Aber warum hat sie mir nichts davon gesagt? Ich meine –«

»Ganz aufrichtig, Guy – ihr beide, du und Melissa, wart von

sehr verschiedener Art. Niemand würde sich einfallen lassen, dich als – nun, sagen wir – sorglos und leichtlebig zu bezeichnen. Melissa wußte, daß du, wäre dir etwas über ihre Wettleidenschaft bekanntgeworden, wie ein gestrenger Papa versucht hättest, sie davon abzubringen. Das stimmt doch – nicht wahr, mein Guter?«

Ich ignorierte die Frage; ich fand keinen Gefallen daran, mich in tristen grauen und schwarzen Tönen porträtiert zu sehen.

»Don«, sagte ich, »das klingt nicht ganz echt. Wenn Melissa haufenweise Geld gewann – hätte dann nicht ich der erste sein müssen, der etwas davon merkte?«

»Nur, wenn sie es hätte herumliegen lassen, oder wenn sie so genial gewesen wäre, es in deiner Matratze zu verstecken. Doch das tat sie nicht. Sie legte es in Juwelen an und konnte ziemlich sicher sein, daß du niemals merken würdest, was vorging.«

Darin lag, wie ich mir eingestehen mußte, eine gewisse Logik.

Ich starrte die kleine Kassette an, als wäre sie eine Neuausgabe der bekanntlich recht fatalen Büchse einer gewissen Pandora. Ehrlich gesagt – ich begann die Geheimnisse zu fürchten, die diese Kassette enthalten mochte.

»Was ist darin?« fragte ich. »Weißt du es?«

Don schüttelte den Kopf. »Vermutlich Juwelen, aber ich weiß es wirklich nicht. Sie kam vor etwa sechs Monaten mit der Kassette zu mir und bat mich, diese für sie zu verwahren. Ich war darüber nicht gerade begeistert. Ich meine – ich wußte ja einigermaßen Bescheid über ihre Wettleidenschaft, aber ... Nun, siehst du, Melissa und ich, wir hatten uns gegenseitig schon öfter aus kleinen Verlegenheiten geholfen. Letzten Sommer, zum Beispiel, hatte ich meine liebe Not mit einem furchtbar langweiligen Mädchen. Doch Melissa schaffte mir diese lästige Klette vom Hals wie eine wahre Hexenmeisterin – husch, husch, und weg war sie. Ich will mich hier nicht in Einzelheiten verlieren, aber –«

Ich schnitt ihm mit einer jähen Handbewegung die Rede ab; wenn man ihn bei solchen Gelegenheiten gewähren läßt, gerät er schnell ins Uferlose, und dann wird es schwierig. Wie ich schon sagte, war er trotz seiner sechsundzwanzig Jahre noch recht unreif.

Ich wies auf die Kassette. »Gibt es einen Schlüssel dazu?«

Don erwiderte, das sei anzunehmen, aber er habe diesen Schlüssel nicht.

Wo würde eine Frau wie Melissa den Schlüssel zu einer Stahlkassette aufheben, die sie einem gemeinsamen Freund zur Aufbewahrung anvertraut hatte? Sinn für Ordnung war nie ihre Stärke gewesen. Etwas hoffnungslos ging ich ins Schlafzimmer und blickte zweifelnd umher. Ich hatte mich noch nicht dazu entschließen können, Melissas persönliche Habe zu sichten; früher oder später würde es geschehen müssen. Ich konnte mir nicht vorstellen, was ich mit all den Kleidern machen sollte. Ein großes Paket an das Rote Kreuz wäre vielleicht die beste Lösung.

Auf gut Glück öffnete ich die Schublade. Sie war vollgestopft mit offenbar defekten Nylons. Als ich die Nylons herausnahm, klirrte irgend etwas zu Boden – ein kleiner flacher Schlüssel. Ich hob ihn auf, dann schaute ich fragend zu Don, der am Türrahmen lehnte und mir zusah.

Er grinste und zuckte die Achseln. »Probier ihn doch mal. Wegen der Größe, meine ich.«

Der Schlüssel sperrte die Kassette auf. Es war unlogisch, aber typisch für Melissa.

Die Kassette enthielt vielerlei: Einen kuvertierten Brief ohne Anschrift, ein Bündel Banknoten mit einem Gummiband ringsum, ein wettscheinähnliches Papier und eine flache Juwelenschatulle.

Ich klappte die Schatulle auf. Darin lag die schönste Halskette, die ich je gesehen hatte. Ich gab Don die geöffnete Schatulle.

»Du verstehst von solchen Dingen mehr als ich. Ist diese Kette echt?«

Don besah die Kette genau. »Ob sie echt ist? Bei Gott, das kann man wohl sagen! Sie muß Tausende wert sein, alter Junge!«

Die Banknoten schienen ebenfalls echt zu sein – Zehnpfundnoten und Fünfpfundnoten, alle etwas abgegriffen. Wir zählten sie gemeinsam durch, eine nach der anderen, peinlich genau addierend.

Als wir damit fertig waren, sagte ich leise: »Neuntausendsechshundertfünfundvierzig Pfund.«

»Das ist richtig, Squire«, bestätigte Don. »Neuntausendsechshundertfünfundvierzig Pfund.«

In meinem Kopf schwirrte alles durcheinander. Wußte ich

überhaupt irgend etwas über meine Frau? Die beiden restlichen Stücke des Kassetteninhalts schienen zu beweisen, daß ich wirklich nichts von ihr wußte. Das wettscheinähnliche Papier war ein Schuldschein über dreitausend Pfund. Da Melissa den Schuldschein besessen hatte, konnte kaum bezweifelt werden, daß sie die Gläubigerin war. Als ich den Namen des Schuldners las, spürte ich, wie mein Herzschlag schneller wurde. Den Schuldschein steckte ich zu mir, ohne ihn Don gezeigt zu haben.

Don war noch in den Anblick des Banknotenbündels vertieft, als ich den Brief aufmachte. Beim Lesen der fünf kurzen Sätze, die er enthielt, muß ich blaß geworden sein.

Don blickte auf, sah mich an und fragte beunruhigt: »Was ist denn, alter Junge? Du solltest dich lieber hinsetzen.«

Das war kein schlechter Vorschlag. Ich setzte mich und las den Brief noch einmal, ganz langsam, Wort für Wort; dann steckte ich ihn zu mir. Don hatte mir gegenüber Platz genommen und starrte mich gespannt an.

»Don«, sagte ich schließlich, »Inspektor Cameron und ich waren heute nachmittag bei deinem Doktorfreund Swanson in der Wimpole Street.«

»Ah, wirklich, alter Junge? Was machst du aus ihm?«

»Dessen bin ich nicht ganz sicher. Zeitweilig hielt ich ihn für den größten Lügner, der mir je begegnet ist, aber jetzt beginne ich daran zu zweifeln. Er – er sagte Cameron, daß ich . . . Nun, er behauptete, ich hätte ihn vor einigen Wochen schon einmal aufgesucht und dabei Melissa beschuldigt, einen Geliebten zu haben.«

Don rutschte nervös auf seinem Sessel herum. »Und, alter Freund? Hast du das wirklich gesagt?«

»Nein. Mindestens bin ich ziemlich sicher, nichts dieser Art gesagt zu haben. Es gehörte zu meinen Grundsätzen, Melissa tun zu lassen, was sie wollte. Und ich glaube, es ist wahr, wenn ich sage, daß mir nie in den Sinn kam, sie könnte mir untreu sein. Deshalb –«

»Hör mal, Squire«, unterbrach Don hastig, »ich meine, du solltest nicht voreilige Schlüsse ziehen, einfach weil –«

»Ich ziehe keine voreiligen Schlüsse!« sagte ich abrupt und klopfte auf den Brief in meiner Tasche. »Ich erwache nur. Dieser Brief ist die Weckuhr. Zeit für Guy Foster, mit dem Träumen aufzuhören!«

»Um Himmels willen, sei doch nicht so verdammt melodramatisch, Guy! Was steht in dem Brief?«

Ich zog den Brief aus der Tasche und las ihn Don vor:

›Guy, mein Schatz,
ich bedauere unseren Krach. Ich hatte gehofft, daß Du nie von Peter Antrobus erfahren würdest. Ich versuchte es vor Dir geheimzuhalten – selbst jetzt ahne ich noch nicht, was Dich argwöhnisch machen konnte. Was es auch sein mag – bitte, vergib mir das viele Unglücklichsein, das ich Dir beschert habe.

Melissa.‹

Ich erwartete, daß Don mir nun etwas über Peter Antrobus sagen würde. Zu meiner Überraschung blickte er verdutzt und ratlos drein.

»Don«, fuhr ich auf, »willst du etwa behaupten, du hättest nicht von ihm gehört?«

»Auf Ehre, Guy! Ich habe niemals von ihm gehört, oder ich will auf der Stelle tot umfallen! Ein ungewöhnlicher Name. Wer ist dieser Kerl?«

Nun war es an mir, verdutzt und ratlos dreinzublicken.

»Don, ich habe nicht die leiseste Ahnung.«

Bald danach ging Don fort.

Ich sah auf die Uhr. Wenn ich die Verabredung mit Felix einhalten wollte, blieb keine Zeit mehr, das Spaghettigericht zu kochen. Ein Sandwich in der Kneipe, wo wir uns treffen wollten, würde es auch tun. Ich räumte die Wohnung ein bißchen auf, zog die bodenlangen Fenstervorhänge in der Diele zu, versteckte Melissas Kassette an einem sicheren Ort, schielte etwas wehmütig zu der dunkelgrauen Wachstuchhaube meiner Schreibmaschine – ich bemerkte, daß sich bereits eine feine Staubschicht auf dem Wachstuch abgelagert hatte – und verließ die Wohnung. Die Tür schloß ich sorgfältig ab.

Etwas versonnen fuhr ich den Weg zur Vauxhall Bridge Road. Es schien mir typisch für Felix, aus sentimentalen Gründen gerade diese Kneipe zu wählen. In vergangenen Tagen, zehn und mehr Jahre zurück, war sie unsere bevorzugte ›Saufhöhle‹ gewesen – günstig zu der Bank gelegen, in der Felix arbeitete, und ebenso zum Journalistenseminar, an dem ich studierte. Dann hatte ich den Job beim ›London Mercury‹ in der

Fleet Street bekommen, und Felix war als Teilhaber in eine kleine Vermögensberatungsfirma hinübergewechselt, wo er, wie einige Freunde ironisch behaupteten, wahrscheinlich nur ein einziges Vermögen ›beraten‹ durfte – nämlich das von Paula, seiner Frau, die als ziemlich reich galt. Unsere ›Saufhöhle‹ war seit damals kein Treffpunkt mehr, doch dann und wann gingen wir um der alten Zeiten willen wieder hin.

Felix war schon da, in unserer gewohnten Ecke. Er winkte, als ich hereinkam, und brachte ein etwas armseliges Lächeln zustande.

»Ja, so was, Guy«, murmelte er, als ich an den Tisch trat.

»Hallo, Felix. Mir scheint, die Bude ist nicht gründlich saubergemacht worden, seit wir voriges Mal hier waren.«

»Wenn man es täte, ginge so etwas wie historische Patina verloren. Der Ort wäre dann nicht mehr unsere alte Höhle ... Was nimmst du, Guy?«

»Ein Glas Bier und ein Käsesandwich. Und du?«

»Whisky. Ich gehe es holen.«

Er stakte zur Bar. Als er mit unseren Getränken und dem Sandwich zurückkam, fand ich, daß er verhärmt und nervös aussah. Dafür mußte es einen Grund geben. Und vermutlich war es das Problem, weswegen er mich sprechen wollte. Ich wartete nun gespannt, wie er das Gespräch darauf bringen würde.

Bei der dritten Runde von Getränken, nach häufigem Gesichtabwischen seinerseits und konfusen Konversationsversuchen, die allesamt schnell steckenblieben, meinte ich, daß wir nun lange genug Katze und Maus gespielt hätten.

Ich griff in die Tasche und hielt ihm Melissas Schuldschein hin. »Ist es das, weswegen du mich sprechen wolltest, Felix?«

Der Whisky schien ihm in der Kehle stecken zu bleiben, und die Augen traten ihm aus dem Kopf, als er das Papier sah.

»Wie, um alles in der Welt ... Wo hast du das her, Guy?«

Da ich nicht von der Kassette erzählen wollte, sagte ich einfach: »Melissa hatte es.«

Er wischte sich die glitzernde Stirn einmal mehr mit dem bereits feuchten Taschentuch und stöhnte: »Mein Gott, habe ich mir deswegen Sorgen gemacht! Ich wußte, daß dieses verwünschte Ding früher oder später auftauchen würde. Ich konnte nur hoffen, daß es nicht in unrechte Hände geriet. Ich meine, wenn der Inspektor dahintergekommen wäre, daß Melissa mir eine solche Summe geliehen hat – nun, das weitere kannst du dir selbst ausmalen ... Natürlich, Guy, sollst du dein Geld bekommen – vorausgesetzt, du läßt mir ein wenig Zeit, und –«

»Mein Schuldschein ist es nicht«, warf ich ein. »Mir hast du ihn nicht gegeben.«

»Ja, ja, ich weiß. Aber jetzt ist es deiner – nicht wahr?«

Ich zuckte die Achseln. Das Geld interessierte mich nicht. Ich wollte die Geschichte hören, die damit zusammenhing.

»Felix, warum hat Melissa dir dreitausend Pfund geliehen?«

»Weil ich das Geld brauchte. Ich war in furchtbarem Druck.«

Er nahm einen hastigen Schluck von seinem Whisky, überzeugte sich, daß niemand in der Nähe war, der hätte mithören können, und begann zu sprechen.

»Es passierte vor sechs Monaten. Ich hatte eine Pechsträhne an der Aktienbörse – du weißt, wie das geht. Irgendein Schlaukopf gibt dir einen Geheimtip, und ehe du Lunte riechst, hast du alle deine Rücklagen verbraten. Ich war pleite, schlicht und gründlich pleite. Natürlich hätte ich das Geld von Paula bekommen können – aber du weißt, wie Paula ist. Mein Leben lang wäre mir diese Sache immer wieder aufgetischt worden, immer wieder ... Nun, eines Tages fuhr ich in meiner Not nach Folkstone, um zu sehen, ob ein alter Freund mir helfen könnte. Kein Glück. Völlig deprimiert war ich auf dem Heimweg nach London, als mein Wagen streikte, mitten in Elvingdale, einer kleinen Stadt in Kent. Um mir die Zeit zu vertreiben, die sie zur Reparatur meiner alten Karre brauchten, ging ich in ein Café. Und wer saß dort? Ausgerechnet Melissa! Zu sagen, daß ich überrascht war, ist eine heuchlerische Untertreibung. Ich –«

»War sie allein?«

»Allein? Ja, da war sonst niemand. Abgesehen von dem Serviermädchen, natürlich ... Nun, du kannst dir die Szene vorstellen. Ich fühlte mich gräßlich deprimiert und hegte trübe Gedanken über das Leben im allgemeinen und mein Bankkonto im besonderen. Und Melissa war sehr flink im Erspähen solcher Sachen. Sie stellte ein paar Fragen, und schließlich erzählte ich ihr die ganze Geschichte – ohne die geringsten Nebenabsichten, versteht sich. Ich hätte ja niemals angenommen, daß sie irgendwelches Geld besäße.«

»Und dann erbot sie sich, dir auszuhelfen? Einfach so?« Ich schnippte mit den Fingern.

Felix nickte. »Ja, einfach so. Ich war sprachlos. Ich hatte nie gedacht, daß einer von euch so viel Geld übrig haben könnte.«

»In meinem Fall hattest und hast du recht, Felix«, sagte ich trocken und stand auf, um eine weitere Runde Drinks zu holen.

Nachdem ich wieder am Tisch saß, fragte ich: »Was mußtest du für dieses Darlehen tun, Felix?«

»Tun? Was meinst du damit?«

»Welche Bedingungen hatte euer Übereinkommen, euer Vertrag, oder wie du es nennen willst?«

»Guy, du irrst dich. Es gab keine Bedingungen. So war Melissa nicht. Ich mußte ihr nur versprechen, den Mund über die Sache zu halten, und das hätte ich sowieso getan.«

»Ich verstehe.« Ich schob mein inzwischen geleertes Glas zur Seite; einen weiteren Drink wollte ich nicht mehr. Beim Anzünden einer Zigarette fragte ich Felix, ob er je von einem Mann namens Peter Antrobus gehört hätte.

Er schüttelte den Kopf. »Nein, nicht, daß ich mich erinnere. Sollte ich ihn kennen?«

Ich hatte den Eindruck, daß er nicht log. Nach zwei, drei tiefen Zügen aus meiner Zigarette hob ich sein leeres Whiskyglas an und legte den zusammengefalteten Schuldschein darunter.

»Da hast du deinen Schuldschein, Felix. Ich an deiner Stelle würde mich in Zukunft aus solchen Geschichten heraushalten.«

Er konnte es nicht glauben. Die Augen traten ihm diesmal so weit aus dem Kopf, daß ich ernstlich befürchtete, sie würden im nächsten Moment auf den Tisch fallen. Als er sprach, war es ein Stottern wie bei einem alten Maschinengewehr mit Ladehemmung.

»Ich sage – bist du dessen – bist du dessen sicher, alter Freund? – Ich meine, dreitausend . . . Das ist – das ist schrecklich – schrecklich großzügig von dir . . . Aber bist du – bist du dessen wirklich sicher? Wirklich –?«

Ich erklärte, das sei schon in Ordnung, und verabschiedete mich rasch, um seinen Beteuerungen der Dankbarkeit zu entrinnen.

Ich fuhr nach Hause, brachte das Auto in die Garage, ging die Treppen hinauf und öffnete geräuschlos die Wohnungstür. Vermutlich war es albern, aber ich konnte die Schwelle der Wohnung nicht mehr überschreiten, ohne die geheime Furcht – oder Sehnsucht? –, gleich wieder ›Melissas Melodie‹ zu vernehmen.

Dieses Mal war alles ruhig.

Ich sah ohne besonderes Interesse meine Abendpost durch und schlenderte dann müßig ins Schlafzimmer. Dort fiel mir ein, daß ich unter die Dusche gehen und mich anschließend meinem Roman widmen könnte. Ich fing an, meine Kleidung abzulegen.

Ich hatte Jacke, Hose und Hemd, Schuhe und Strümpfe bereits ausgezogen, als ich die Wohnungstür klicken hörte.

Es war ein winziges Geräusch, aber seine Wirkung auf meine Nerven glich einem Trompetenstoß. Ich rannte hinaus in die Diele, wo mein Blick von einem der bodenlangen Fenstervorhänge gefangen wurde, der sich leicht zu bewegen schien.

Es ist schwer, in Unterhemd und Unterhose und mit bloßen Füßen mutig zu sein. Aber ich holte tief Luft und schob die Vorhänge blitzschnell auseinander. Natürlich stand dort niemand.

Aber – war es Einbildung? Oder glaubte ich wirklich, den Hauch eines unverwechselbaren Parfüms wahrzunehmen?

Ich wollte trotz meiner spärlichen Kleidung zur Wohnungstür laufen, als ich durch eines der Fenster die schemenhafte Gestalt einer Frau unten auf der Straße bemerkte. Sie stieg schnell in ein Auto, das sofort anfuhr und eine Sekunde später um die nächste Ecke entschwand.

Als ich mich vom Fenster abwandte, berührten meine nackten Zehen etwas Weiches, Zartes. Ich bückte mich und hob ein Taschentuch auf. Es war klein, leicht parfümiert, mit einem aufgestickten Buchstaben in einer Ecke. Der Buchstabe war ›M‹.

Sie war tot. Und doch war sie überall. Von meinem Schreibtisch lächelte mir ihre Fotografie entgegen. Ihr handgeschriebener Brief sprach zu mir, wenn ich die Kassette aufmachte. Ihre Lieblingsmelodie hatte erst gestern abend die ganze Wohnung erfüllt. Sie selbst hatte mich sogar antelefoniert, eine Stunde nachdem sie – laut Feststellung der Polizei – erdrosselt worden war.

Und nun ein Schimmer von honigblondem Haar im Lichtkreis der Straßenlampe und ein winziges Taschentuch mit schwachem Parfümduft und dem aufgestickten Buchstaben ›M‹ . . .

Ich sank in meinen Schreibtischsessel und verbarg den Kopf zwischen meinen gekreuzten Armen. Die Schreibmaschine war mir irgendwie im Weg. Ich wollte sie etwas zur Seite schieben. Dabei gerieten meine Finger gegen die nackten Tasten – nicht gegen die leicht angestaubte Wachstuchhaube, die die Maschine bedeckt hatte, als ich fortgegangen war ... Und nun machte ich eine unheimliche Entdeckung.

Ich starrte auf die unverhüllte Maschine, auf das frisch um die Walze gedrehte Blatt Papier. Es enthielt eine geheimnisvolle Nachricht in wenigen Worten:

›Du triffst Peter Antrobus in Elvingdale. Bei Duncan, Sonnabendvormittag, 10.30.‹

5

Als ich am Sonnabendmorgen nach Elvingdale fuhr, wußte ich über dieses Städtchen noch immer nichts weiter als die eine Tatsache: Melissa war in Elvingdale gewesen.

Zu seiner eigenen Überraschung war Felix ihr dort begegnet, als sie mutterseelenallein in einem kleinen verschlafenen Café saß.

Was mochte sie in Elvingdale getan haben? Wir hatten keine Freunde in dieser Gegend – jedenfalls ich nicht. Ich konnte mir keinen Anlaß denken, der sie in dieses entlegene Nest geführt hatte. Was war ihr dort so wichtig gewesen? Und wer war Peter Antrobus?

Ganz nebenbei: Wer oder was war ›Duncan‹?

Ich fand mich instinktiv darauf vorbereitet, nach einem Hutgeschäft Ausschau zu halten. Aber Elvingdale – dessen konnte ich nach der ersten Rundfahrt durch dieses Städtchen ziemlich sicher sein – hatte es noch nicht zu einem Hutgeschäft gebracht. Wohl gab es einige altertümliche Läden, in denen Stoffe und Bänder wahrscheinlich noch mit der Elle abgemessen und nach Guineas, Halfpennies und Farthings berechnet wurden; auch einzelne fertige Kleidungsstücke konnte man in diesen Läden kaufen, wie die Schaufensterauslagen zeigten. Aber ein Hutgeschäft war in ganz Elvingdale nicht zu entdecken.

Dafür gab es einen Herrenfriseur, und der hieß Duncan.

Mein Herzschlag schien einen Moment lang zu stocken, als ich den Namen über der Tür sah. Aber ich ging nicht sofort hinein.

Die Nachricht nannte als Zeit 10.30 Uhr; ich hatte noch zehn Minuten zu warten.

Ich beschloß noch einmal um den malerischen Marktplatz des Städtchens zu schlendern. Es war gut, daß ich diesen Rundgang machte; andernfalls hätte ich wohl die stahlgraue Bentley-Limousine nicht bemerkt, die in einer schmalen Nebenstraße geparkt stand, mit einem livrierten, hochmütig dreinblickenden Chauffeur hinter dem Lenkrad. Ich kann nicht sagen, ob er mich überhaupt sah; ich jedenfalls erkannte ihn sofort wieder und die Zulassungsnummer des Wagens ebenfalls – NU 202. Demnach schien auch Dr. Swanson in Elvingdale zu tun zu haben. Und das reckte den langen Arm des Zufalls eigentlich ein bißchen zu weit.

Während ich an der Ecke stand und schaute, sah ich aus der Papierwaren- und Buchhandlung am Anfang der Nebenstraße ein Mädchen kommen. Obwohl ich sie nur von hinten sah, schienen mir die Bewegungen ihrer hübschen, schlanken Gestalt irgendwie vertraut zu sein. Hinter einem dicken Kastanienbaum verborgen, beobachtete ich, wie sie den Fahrdamm überquerte, um zu Dr. Swansons Bentley zu gelangen. Ich hatte recht – sie war Swansons blonde Sekretärin. Miss Dean, oder wie sie hieß. Ich sah auf meine Uhr und stöhnte. Ich hätte Miss Dean gerne begrüßt, aber mir blieb keine Zeit; ich mußte zu dem Friseur.

Mr. Duncans bescheidener Salon enthielt zwei Frisiersessel. Beide waren leer, und niemand wartete darauf, in ihnen Platz zu nehmen. Als ich die Eingangstür hinter mir zumachte, legte ein netter kleiner Mann mit dünnem Schnurrbärtchen und weißem Friseurmantel hastig die Zeitung beiseite, in der er gelesen hatte, und begrüßte mich.

»Guten Morgen, Sir. Womit kann ich dienen?«

Ich erwiderte den Gruß und verlangte einen Haarschnitt. Hinter dem Plastikvorhang am Ende des Ladens entstand Bewegung.

»Jackson!« sagte der nette kleine Mann in Richtung des Vorhangs. »Kundschaft!«

Ein Jüngling mit einem Besen in der Hand blickte um den Vorhang, starrte mich irgendwie entgeistert eine Sekunde lang an, seufzte, kam dann vollends zum Vorschein, jedoch ohne seinen Besen, und wies auf einen der beiden leeren Frisiersessel. Der Mann mit dem Schnurrbärtchen, offenbar der Eigentümer des Salons, machte eine bedauernde Geste.

»Tut mir leid, Sir, daß ich Sie nicht selbst bedienen kann. Ich warte auf einen vorangemeldeten Stammkunden, der jeden Moment kommen muß.« Er sah zur Wanduhr. Ich tat dasselbe, aber durch den großen Spiegel vor mir, in dem unsere Blicke sich begegneten. Es war 10.32 Uhr.

Wenige Augenblicke später – Jackson, der Gehilfe, hatte mir inzwischen den Schulterschutz umgebunden – ertönte ein zartes Geklingel, und die Eingangstür öffnete sich. Auf der Schwelle stand ein sympathischer Mann von etwa Anfang Dreißig und fragte mit angenehmer, gebildet klingender Stimme: »Sie können mich wohl nicht zufällig bedienen, Duncan?«

Der Eigentümer schüttelte den Kopf. »Leider nicht, Sir. Ich habe für zehn Uhr dreißig eine Voranmeldung. Der Kunde ist ein bißchen spät dran, aber er wird gleich da sein.«

»Doch nicht etwa Mr. Antrobus?« fragte der junge Mann auf der Schwelle in gutmütig ironischem Ton.

»Ganz recht, Sir – Mr. Antrobus.«

»Ei, zum Kuckuck. Das scheint mir sonnabends immer zu passieren. Also gut. Ich werde es gegen elf Uhr wieder versuchen – ja?«

»Sehr wohl, Sir, dann bin ich bestimmt für Sie bereit.«

Die Tür schloß sich unter zartem Geklingel. Mir wurde bewußt, daß der zaghafte Jüngling Jackson, der meine Haare schneiden sollte, schon seit einer Minute versuchte, etwas in mein rechtes Ohr zu flüstern; ich war von der Beobachtung der Szene im Spiegel zu sehr beansprucht worden, um ihm genügende Aufmerksamkeit zu schenken.

»Was ist denn?« fragte ich leicht gereizt.

»Wie möchten Sie Ihr Haar, Sir? Halblang, vielleicht –?«

»Hinten und an den Seiten etwas kürzen, aber nicht zu viel fortnehmen«, schnappte ich. Beinah hätte ich hinzugefügt: Und versperre mir nicht andauernd die Sicht zur Tür, du Idiot!

Mein Blick klebte förmlich am Spiegelbild der Eingangstür.

Aber dann war es Meister Duncan selbst, der mir unabsichtlich den Ausblick versperrte, als die Tür das nächstemal aufging und jemand von der Straße in den Laden kam. Ich verrenkte mich fast in meinem Sessel.

»Ah, schönen guten Morgen, Mr. Antrobus!« sagte Duncan salbungsvoll.

Ein helles Stimmchen krähte die Antwort: »'n Morgen, Mr.

Duncan. Tut mir leid, daß ich zu spät komme. Aber der Lehrer ließ uns nicht früher gehen.«

Duncan lachte freundlich. »Macht nichts, Peter. Dein Sessel steht trotzdem für dich bereit. Bitte, nimm Platz. Dann können wir sofort beginnen.«

Ein Schuljunge von höchstens zwölf Jahren zog sich die Mütze vom Kopf und sank mit einem wohligen Seufzer in den anderen Sessel.

Ich konnte zunächst nicht mehr tun, als dazusitzen und leicht verstörten Geistes mein Spiegelbild anzuglotzen. Wenn auch seit Melissas Tod meine Welt aus den Fugen geraten war, fühlte ich mich nicht geneigt, den Gedanken zu akzeptieren, meine Frau hätte eine Liebschaft mit einem kleinen Schuljungen gehabt. Ich zermarterte mir das Gehirn, um eine Erklärung zu finden. Und zu der Zeit, als der zaghafte Jackson seine Bemühungen um Neugestaltung meines Haarschnitts beendete, war ich zu einer verhältnismäßig logischen Schlußfolgerung gelangt: Nicht Antrobus junior war der, den ich treffen sollte, sondern Antrobus senior, Klein-Peters Vater, der vermutlich ebenfalls Peter hieß!

Solchermaßen denkend, sagte ich mir, daß es nicht schaden könnte, ein bißchen freundschaftlichen Kontakt mit Klein-Peter herzustellen. Ich verließ meinen Frisiersessel, nahm dem zaghaften Jackson die schmale weiche Nackenbürste aus der Hand und fuhr mir mit diesem Instrument noch einige Male gründlich zwischen Kragenrand und Genick herum. Dabei raunte ich dem Jungen zu: »Fallen dir die abgeschnittenen Haare auch immer hinten in den Kragen?«

Klein-Peter nickte lebhaft. »Ja! Gräßlich, nicht wahr? Verleidet mir das ganze Haareschneiden.«

»Mir auch.«

»Natürlich ist Mr. Duncan sehr sorgfältig. Aber es passiert trotzdem immer wieder. Und wenn es nur zwei oder drei abgeschnittene Haare sind – sie kitzeln und kitzeln, daß man zappelig werden könnte!«

Ein netter, intelligenter Junge. Ich wandte mich an Duncan und fragte, wieviel ich schuldig sei.

»Drei Shilling, Sir.«

Ich bezahlte und gab dem zaghaften Jackson ein Trinkgeld. Dann sagte ich beiläufig zu Klein-Peter: »Elvingdale scheint mir ein hübsches Städtchen zu sein. Wohnst du hier?«

»Ja, Sir. Das heißt, ein bißchen außerhalb. Am Stadtrand.«

Duncan hatte sein Geld eingesteckt und schaltete sich in die Unterhaltung ein.

»Sind Sie eigentlich zum erstenmal hier, Sir?«

»Ja, so ist es.«

Er runzelte verwundert die Stirn. »Komisch. Ich dachte, ich hätte Sie schon früher gesehen. Vielleicht nicht hier in der Stadt, aber irgendwo in der Gegend.«

»Ich bin, wie gesagt, zum erstenmal in diesem Städtchen. Aber ich habe ein Cottage in Lenton-on-Sea. Das ist etwas weiter westlich von hier.«

»Ah, Lenton! Ein hübscher Ort! Etwas ruhig, aber sehr hübsch. Wie weit mag es bis dahin sein – ungefähr siebzehn Meilen?«

Der zaghafte Jüngling Jackson ließ sich todernst vernehmen: »Nein, mehr als das. Müssen vierundzwanzig Meilen sein. Oder fünfundzwanzig.« Hierauf errötete er.

»Ausgeschlossen!« krähte Klein-Peter mit seinem hellen Stimmchen. »Von uns aus sind's nur sechzehn Meilen!«

»Weißt du das sicher, Peter?« fragte Duncan.

»Na klar, Mr. Duncan. Gleich bei unserer Tankstelle steht ja eine Entfernungstafel.«

Tankstelle! Ich spitzte die Ohren bei dieser Information.

Im nächsten Moment ertönte wieder das Türglöckchen, und ein dunkelhaariges, temperamentvoll und recht hübsch aussehendes Mädchen von etwa Anfang Zwanzig betrat den Laden. Sie war mit einem groben Sweater und blauen Jeans bekleidet und trug eine Anzahl Pakete bei sich. Ich tat uninteressiert, als Duncan sie mit ›Miss Antrobus‹ ansprach.

Sie schien in Eile zu sein. Da der Junge über einer Illustrierten trödelte, die er noch nicht bis zur letzten Seite durchgeblättert hatte, ergriff ich meine Chance und sagte leichthin: »Tadeln Sie mich, Miss Antrobus, wenn Ihr Bruder mit der Illustrierten noch nicht fertig ist. Es ist mein Fehler, ich habe ihn zum Schwatzen verleitet.«

»Ach, schon recht«, entgegnete sie ganz freundlich. »Ich weiß ja, wie Peter ist, wenn er ins Reden kommt.« Dann tat sie, was der Volksmund als ›volle Kehrtwendung‹ bezeichnet: Sie musterte mich mit einem zweiten, jetzt sehr kritischen Blick, schien den Atem anzuhalten, murmelte etwas Unverständliches, schnappte sich Klein-Peter und hastete mit ihm aus dem Laden.

Ich fühlte mich recht seltsam behandelt, und die bedeutungsvollen Blicke, die ich den zaghaften Jackson mit seinem Arbeitgeber tauschen sah, besserten nichts an meinem Unbehagen. Es lag mir auf der Zunge, zu fragen, ob ich plötzlich aussätzig geworden sei. Aber ich verkniff mir das Gekränktspielen, sagte ›Guten Morgen‹ und verließ den Laden.

Als ich draußen am Schaufenster vorbeiging, sah ich durch die dünne Gardine, daß Duncan und sein Gehilfe Kopf an Kopf über die Zeitung gebeugt waren. Was sie da anscheinend aufgeregt studierten, konnte ich natürlich nicht erkennen. Aber ich wußte, welche Londoner Zeitung Duncan bei meinem Eintreten in der Hand gehabt hatte. Zwei Minuten später erstand ich in der Papierwaren- und Buchhandlung des Städtchens ein Exemplar davon.

Es traf mich wie eine unverhoffte eiskalte Dusche, auf der dritten Innenseite des Hauptblattes dieser großen Zeitung mein eigenes Foto zu finden, gleich drei Spalten breit. Auch ein Foto von Melissa war abgedruckt, und die Schlagzeile schrie: ›Wer hat Melissa Foster getötet?‹.

Das einzige, was sie vergessen hatten, war ein großer Pfeil, der – den geistig weniger gewandten Lesern zuliebe – unverhohlen auf mich zeigte. Statt dessen brachten sie aber eine genaue und im Endeffekt sehr belastende Zusammenstellung von Melissas und meinen Unternehmungen am Abend der Tat, mit einer minuziösen Zeittabelle; außerdem eine nicht eben liebenswürdige Schilderung meines beruflichen Werdeganges mit Angaben über die geringen Verkaufserfolge meiner Bücher.

Ich war so bestürzt über diese Sache, daß ich nicht beachtete, wohin ich ging, und um ein Haar mit der hübschen Miss Dean zusammengeprallt wäre; sie schien ebenfalls in Gedanken versunken gewesen zu sein.

Ich weiß nicht, wer von uns beiden mehr erschrak. Aber sie faßte sich zuerst und schien bestrebt, die Begegnung so kurz wie möglich zu gestalten. Ich hingegen war willens, mich ihrer für ein Weilchen zu versichern, und griff nach ihrem linken Arm, um sie am Fortlaufen zu hindern. Dann fragte ich, ob auch Dr. Swanson in Elvingdale sei.

»Nein. Ich bin allein hier. Ich besuche meine Mutter. Sie lebt in Elvingdale.«

»Aber gewiß nicht ganz allein?« forschte ich. »Habe ich hier nicht vor kurzem Doktor Swansons Bentley nebst seinem sauertöpfischen Chauffeur gesehen?«

»Möglich«, murmelte sie achselzuckend.

»Wie hübsch für Sie, in solchem Luxus herumkutschiert zu werden!«

»Doktor Swanson ist sehr nett zu mir.«

»Ja, augenscheinlich«, erwiderte ich trocken. »Ich, für mein Teil, würde wünschen, Sie wären neulich etwas netter zu mir gewesen.«

»Was meinen Sie damit, Mr. Foster?«

»Daß Sie neulich, bei meinem ersten Besuch in der Wimpole Street, ohne weiteres vorgaben, mich zu erkennen!«

»Aber ich erkannte Sie, Mr. Foster! Wie sonst hätte ich Ihren Namen wissen können, als Sie so spät am Nachmittag ganz unerwartet an der Praxistür klingelten? Und Sie haben Ende vorigen Monats Doktor Swanson schon einmal konsultiert! Das steht doch schwarz auf weiß im Praxisdiarium und im Rezeptbuch des Doktors, und –«

In diesem Moment stoppte der stahlgraue Bentley geräuschlos an der Bordschwelle neben uns. Miss Dean wand geschickt ihren Arm aus meinem Griff.

»Mr. Foster«, sagte sie milde und ernst, »Sie waren kürzlich einer Menge Belastungen ausgesetzt – ich glaube nicht, daß Ihnen bewußt ist, wie schweren Belastungen. Sie sind bereits krank gewesen, als Sie uns Ende vorigen Monats aufsuchten. Und diese schreckliche Sache, die nun noch mit Ihrer Frau passierte, war einfach zuviel für Sie.«

Das klang so aufrichtig, daß ich meine Hand, die wieder nach ihrem Arm fassen wollte, endgültig sinken ließ. Sie wandte sich ab und schlüpfte durch die mittlerweile vom Chauffeur geöffnete Fondtür in die Limousine.

»Deuten Sie an – ich meine, versuchen Sie irgendwie zu sagen, daß mein Gedächtnis gelitten hätte?« fragte ich.

»Mr. Foster, es ist nicht meine Sache, eine Diagnose zu stellen. Ich bin nur Sekretärin und Sprechstundenhilfe. Aber ich denke, Sie sollten wieder zu Doktor Swanson kommen. Ich bin sicher, daß er Ihnen helfen kann.«

Sie schenkte mir ein flüchtiges Lächeln, nickte dem Chauffeur zu, und der Bentley rollte leise davon.

Miss Dean hatte so ehrlich und rechtschaffen gewirkt, daß ich fast überzeugt und auf dem Punkt war, nach London zurückzukehren. Doch in diesem Augenblick sah ich Mary Antrobus und

Klein-Peter wieder. Sie saßen in einem etwas ramponierten Kombiwagen, der eben den Parkplatz verließ. Die Erinnerung an Marys seltsames Verhalten belebte mein Verlangen nach weiteren Ermittlungen.

Stoppen konnte ich den Kombiwagen natürlich nicht. Aber ich lief zum Parkplatz und schnappte mir den alten Parkplatzwächter, während der Antrobus-Kombi noch in Sicht war. Gegen ein reichliches Trinkgeld fragte ich den alten Knaben über die Antrobus-Familie aus. Er bestätigte nur, was ich bereits wußte: daß die beiden Bruder und Schwester seien, Peter und Mary, und daß ihr Vater am Stadtrand eine Tankstelle mit Reparaturwerkstatt und Garagen besitze.

»Antrobus – ein ziemlich häufiger Name hier in der Gegend, nehme ich an?«

»Keineswegs, Chef«, pfiff der Alte durch seine Zahnlücken. »Hier ist nur diese eine Familie Antrobus, soviel ich weiß. Und ich habe mein ganzes Leben lang hier gelebt.«

»Eine große Familie, natürlich? Viele Kinder, Onkel und so weiter?«

»Nein, nein. Seitdem die Mutter starb, sind da nur die drei. Sehr traurige Sache, ehrlich gesagt. George ist seitdem nicht mehr derselbe. Verlor sie vor achtzehn Monaten, der arme Kerl.«

George hieß er also. Nicht Peter. Es ergab keinen Sinn.

Ich sagte strahlend: »Ah natürlich – George! Ich denke, ich habe ihn zwei-, dreimal gesehen. Ein großer, kräftiger Kerl. Recht stattlich. Trägt manchmal eine Brille. Ungefähr fünfundvierzig, schätze ich.«

Der Alte schüttelte nachdrücklich den Kopf. »Da verwechseln Sie ihn, Chef. George ist sechzig und sieht auch an guten Tagen wie sechzig aus. Aber meistens würde man ihn für älter halten. Von einer Brille weiß ich nichts. Und ganz gewiß ist er nicht, was ich groß und stattlich nennen würde.«

Ich wagte keine weiteren Fragen. Ich nickte dem Alten zu, schlenderte wie von ungefähr zu meinem Auto und stieg ein. Als ich davonfuhr, sah ich durch den Rückspiegel, daß er mir nachstarrte. Vielleicht hatte auch er mein Foto in der Zeitung gesehen.

Nachdenklich fuhr ich die Straße entlang, die ein Passant mir genannt hatte. Schon bald kam ich zu einem kleinen Gebäudekomplex mit Tankstelle, Werkstatt und Garagen, der an der Einfahrt den Namen des Eigentümers trug: ›George Antrobus‹.

Ich hielt auf der anderen Straßenseite. Als einziges Familienmitglied war Mary in Sicht; sie tankte einen 1100er Morris auf. Ich beobachtete aus der Ferne, wie sie die Tankprozedur beendete, das Geld entgegennahm, Wechselgeld zurückgab, dem startenden Morris einen Moment lang nachblickte und dann in dem kleinen Büro hinter den Zapfsäulen verschwand.

Ich verließ mein Auto und ging ihr nach.

Anscheinend betrat ich das Büro sehr leise; sie drehte mir den Rücken zu und merkte nichts von meinem Kommen. Sie kramte eifrig und nicht ganz geräuschlos in einem metallnen Aktenschränkchen, das vermutlich die Geschäftspapiere enthielt. Das kärglich ausgestattete Büro war mit einem Blick zu überschauen. An Möbeln gab es nur einen Drehstuhl und einen mit Notizzetteln, Geschäftsbriefen, Rechnungen, Tabellen und Katalogen bedeckten Schreibtisch. An drei Wänden standen einfache Holzregale mit Stapeln von Öldosen, Zubehör aller Art und Ersatzteilen. An der vierten Wand, die das kleine, schmutzige Fenster enthielt, hingen zwei Reklamekalender.

Dort hing aber auch eine handschriftlich signierte Fotografie von – Don Page.

Sie war, in Augenhöhe, neben der linken Schmalseite des Schreibtisches mit Reißnägeln an der Wand befestigt. Nicht etwa ein ausgeschnittener Zeitungsschnappschuß, sondern ein richtiger Hochglanzabzug in Schwarzweiß, mit einigen Widmungsworten über dem Namenszug. Don saß in klassischer Siegerpose auf dem Heck eines Ferrari, Sturzhelm in der Hand, ein Grinsen auf dem hübschen ölbeschmutzten Gesicht, über den Schultern ein Blumengebinde. Als ich mich vorwärtsbeugte, um die Widmung zu lesen, kam ich bloß bis zu ›Für Mary –‹; dann bemerkte das Mädchen meine Anwesenheit und wirbelte herum.

»Wie lange stehen Sie dort schon?« fauchte sie ärgerlich.

»Zehn Sekunden, höchstens fünfzehn. Ich bitte um Entschuldigung, wenn ich Sie erschreckt habe.«

»Ich verabscheue Schleicher. Was wollen Sie?«

»Nur ein kurzes Gespräch – falls Sie eine Minute für mich übrig haben. Mein Name ist Foster – Guy Foster.«

»Ich weiß. Ich erkannte Sie vorhin beim Friseur. Ich hatte Ihr Bild in der Zeitung gesehen.«

»Ah, deshalb Ihr seltsames Verhalten –«

»Sie sind der Mann, der seine Frau – oh, Entschuldigung –, der Mann, dessen Frau ermordet worden ist.«

»Richtig. Und deshalb bin ich hier. Ich versuche gewisse Tatsachen herauszufinden. Vielleicht können Sie mir helfen.«

»Ich?« Das Mädchen war ehrlich überrascht. »Wie könnte ich Ihnen helfen?«

»Melissa – meine Frau – stand in engen Beziehungen zu jemandem namens Peter Antrobus. Ich frage mich, ob –«

»Peter Antrobus?« Das Mädchen brach in heftiges Lachen aus. »Daran wäre nichts Schlimmes. Peter Antrobus ist mein Bruder – Sie haben ihn im Friseurladen getroffen. Er ist noch nicht zwölf und –«

»Soviel habe ich selbst erkannt, Miss Antrobus. Was ich nun wissen möchte, ist, ob Sie noch andere Verwandte in Elvingdale haben oder irgend jemanden dieses Namens kennen?«

»Hier und in der ganzen Grafschaft gibt es niemand weiter mit demselben Namen, das weiß ich ziemlich genau.«

Sie machte das Aktenschränkchen entschlossen zu; das Geräusch, welches dabei entstand, war nicht unerheblich.

»Was läßt Sie annehmen, Mr. Foster, daß Ihre Frau in engen Beziehungen zu jemandem namens Peter Antrobus stand?«

»Sie hinterließ mir einen Brief. Darin steht dieser Name. Und über die von ihr selbst erwähnte Art der Beziehungen kann es keinen Zweifel geben.«

»Ich verstehe ... Nun, es tut mir leid, aber ich weiß nicht, wie ich Ihnen helfen soll. Ich bin Ihrer Frau nie begegnet und mein kleiner Bruder bestimmt auch nicht.«

Ihr Verhalten und ihr Tonfall – nach wie vor höflich, aber irgendwie verändert – ließen erkennen, daß sie das Gespräch nun für beendet hielt. Ich war anderer Meinung.

»Miss Antrobus, kurz nach Verlassen des Friseurladens begegnete ich einer Miss Dean. Kennen Sie sie vielleicht? Sie scheint aus dieser Gegend zu stammen. Jedenfalls wohnt ihre Mutter in Elvingdale.«

Das Mädchen zuckte die Achseln und murmelte gleichgültig: »Wieso sollte ich sie kennen?«

»Ich wüßte keinen besonderen Grund, ausgenommen vielleicht, daß Sie beide etwa im gleichen Alter sind. Und Elvingdale ist wohl ein ziemlich kleines Städtchen.«

»Ist sie eine Freundin von Ihnen, Mr. Foster?«

»Das eigentlich nicht.«

»Warum sind Sie dann an ihr interessiert?«

»Weil sie bei der Polizei eine Aussage gemacht hat – eine falsche Aussage, meiner Meinung nach.«

»Über Ihre Frau?«

»Nein, über mich.«

Jetzt, auf einmal, glaubte ich in Marys Augen die Spur eines Zögerns oder irgendeiner Unsicherheit zu erkennen. Mein Herz ging schneller. Ich fühlte, daß sie im Begriff gewesen war, irgend etwas zu erzählen. Nach kurzem Schweigen bat sie mich, den Namen noch einmal zu nennen. Es war offensichtlich, daß sie um Zeit spielte, daß sie versuchte, zu einem Entschluß zu gelangen.

»Der Name ist Miss Dean«, sagte ich. »Sie ist von Beruf Sprechstundenhilfe. Das heißt, eigentlich ist sie etwas mehr – Sprechstundenhilfe und Sekretärin. Bei einem Arzt in London.«

»Merkwürdig genug«, antwortete Mary Antrobus langsam, »ich kenne sie. Ich bin ihr ein paarmal begegnet – Joyce Dean. Aber ich weiß nicht viel über sie. Sie arbeitete im hiesigen Hospital. Ich glaube, vor ungefähr einem Jahr ging sie fort.«

»Sie arbeitet jetzt für einen Facharzt in London, Doktor Norman Swanson, Wimpole Street.«

»Da hat sie Glück! Ich wünschte, ich könnte einen Job in London bekommen. Das wäre –«

In diesem Augenblick ertönte die Klingel, die sie zu den Zapfsäulen rief. Draußen war ein Auto vorgefahren. Sie entschuldigte sich und lief hinaus.

Ich nahm die Gelegenheit wahr, mir Don Pages Fotografie genauer anzusehen. Die Widmung, mit Tinte geschrieben, war recht simpel: ›Für Mary, mit allen guten Wünschen. Don Page.‹

Ein Datum stand nicht dabei.

Eine Sekunde lang war ich versucht, die beiden Reißnägel aus der Wand zu ziehen und die Fotografie an mich zu nehmen. Ich verwarf diese unschöne Idee, verließ das Büro und winkte Mary freundlich zu, als ich zu meinem Auto schlenderte.

Ich wendete und schlug den Rückweg nach London ein.

Elvingdale – so glaubte ich zu spüren – hatte mir alles geliefert, was ich zur Zeit erwarten durfte. Aber ich war ziemlich sicher, daß ich wiederkommen würde.

6

Während ich zurück nach London fuhr, versuchte ich zu ergründen, weshalb Melissa, lebendig oder tot, mich unter solchem Aufwand nach Elvingdale geschickt hatte. Was hatte sie mir mit jenem Brief bekanntgeben wollen? Was konnte es sein, daß ich falsch verstanden zu haben schien? Sicher wären einfachere Wege denkbar gewesen, mich zu informieren, daß Joyce Dean früher im dortigen Hospital gearbeitet und daß Don Page eine Freundin namens Mary Antrobus hatte.

Ich beschloß, mir Don Page vorzunehmen, sobald ich seiner habhaft werden konnte. Da er sich am Telefon den ganzen Nachmittag lang nicht meldete, fuhr ich gegen Abend zu seiner Wohnung. Benson, sein etwas gravitätischer Diener, öffnete mir die Tür. Als alter Freund wurde ich geradewegs in den großen Salon geleitet, dessen rückwärtige Hälfte eine überdimensionierte halbmondförmige Bar beherbergt. Zunächst hatte ich für etwa eine halbe Minute Gelegenheit, Don Page bei der Vorführung eines seiner beliebtesten Muskeltricks zu beobachten.

Ein mir fremder Mann saß ihm gegenüber an einem kleinen Tisch. Die beiden waren mit einer recht volkstümlichen Kraftprobe beschäftigt; sie hielten ihre rechten Ellbogen auf die Tischplatte gestemmt, hatten ihre rechten Hände gegeneinander gelegt und versuchten, den senkrecht gehaltenen Unterarm des anderen flach auf den Tisch zu drücken. Ich selbst habe so etwas noch nie praktiziert, aber ich glaube, eine Grundregel dieses freundschaftlichen Ringkampfes bestimmt, daß die Ellbogen der Gegner während der ganzen Zeit auf der Tischplatte zu bleiben haben; die aufgewendete Kraft darf nur aus Unterarm, Handgelenk und Fingern kommen.

Ich sah den beiden Männern unbemerkt zu. Don lächelte und strengte sich offenbar überhaupt nicht an. Sein Gegner jedoch war purpurrot im Gesicht und schien alle verfügbare Kraft aufzubieten, um seinen Unterarm wenigstens senkrecht zu halten.

Dann schaute Don auf, erblickte mich, rief ein freundliches Grußwort und befand augenscheinlich, daß es an der Zeit war, den Wettkampf zu beenden. Seine Halsmuskeln strafften sich, sein Mund wurde zu einer schmalen Linie, und in Sekundenschnelle hatte er den Unterarm des anderen flach auf die Tischplatte gedrückt. Es war ganz offensichtlich, daß er dies schon längst hätte tun können. Der andere rang schnaufend um Atem und ging, sobald die Höflichkeit es erlaubte, ins Badezimmer, um sich zu waschen; ich bekam ihn übrigens an diesem Abend nicht mehr zu Gesicht. Don zeigte keine Zeichen von Anstrengung. Ich vergegenwärtigte mir, daß die Handgelenke und Finger eines Autorennfahrers infolge der hohen Leistungen, die ihnen abgefordert werden, besonders kräftig sein müssen.

Don begab sich hinter die enorme Bar und offerierte mir einen Drink. Ich bat um Scotch mit Sodawasser. Auf der Bar standen Tabletts mit Sandwiches aller Art, sowie Schalen mit Oliven, Kartoffelchips, Salaten und feinem Gebäck. Ich fragte Don, ob er eine Party gäbe.

»Es kommen ein paar Freunde, alter Junge«, antwortete er und zupfte sich sein elegantes, offenbar ganz neues Dinnerjakkett zurecht. Da es im Moment kaum etwas gab, woran mir weniger gelegen wäre als an einem munteren Abend mit Dons Rennfahrerkollegen, kam ich ohne Umschweife zur Sache.

»Don, ich war heute vormittag in Elvingdale, einem Städtchen in Kent. Kennst du es?«

Ich beobachtete ihn während der folgenden Unterhaltung genau. Er wirkte völlig gelöst, beinah ein bißchen zerstreut – etwa so, als folge er dem Gespräch mit nur einem Ohr, weil er das andere sozusagen gespitzt hielt für die Türklingel, die übrigens jedesmal, wenn jemand den Klingelknopf drückt, ein melodisches Glockenspiel ertönen läßt.

»Elvingdale? Kenne es kaum, alter Junge. Bin vielleicht zwei- oder dreimal durchgefahren – auf dem Weg zur Küste. Was führte dich dorthin, Guy?«

Ich erzählte ihm von meiner nutzlosen Jagd auf Peter Antrobus, leitete über zu der Begegnung mit Mary Antrobus und achtete nun besonders scharf auf seine Reaktion.

»... sie hat, neben ihrem Schreibtisch an die Wand geheftet, ein handsigniertes Foto von dir.«

»Oh, wirklich?« Auffallend überrascht klang es nicht.

»Ein recht interessantes Mädchen, falls du den schlanken, dunkelhaarigen, temperamentvollen Typ magst.«

Er lachte leise. »Ich mag alle Typen. Vorausgesetzt, sie sind nicht zu anhänglich.«

»Zweiundzwanzig oder dreiundzwanzig dürfte sie sein, schätze ich.«

Don spürte die Frage in meinem Ton und schüttelte den Kopf. »Könnte nicht sagen, daß ich mich an sie erinnere. Aber reizvoll scheint sie zu sein. Ich werde einen Vermerk über sie in mein kleines schwarzes Buch kritzeln.«

Mir schien es, als sei er etwas zu glatt über die Sache mit dem handsignierten Foto hinweggerutscht; ich fragte also direkt danach.

»Mein lieber Squire, seit ich ein leidlich erfolgreicher Rennfahrer bin, habe ich Hunderte oder Tausende solcher Dinger signiert. Sie sind über den ganzen Erdball verstreut.«

»Wie die von einem Filmstar?«

»Beinahe so«, lachte er. »Nach Siegen oder guten Placierungen bekomme ich haufenweise Verehrerpost, meistens Autogrammbitten. Die Fotos werden mir von der Firma gestellt.«

»Malst du nur deinen Namenszug darauf, oder schreibst du noch etwas dazu?«

»Das hängt davon ab, um was ich gebeten werde. Falls es nicht zu albern ist, schreibe ich, was sie möchten.« Er hob sein Glas. »Auf die schlanke, dunkelhaarige, temperamentvolle Mary Antrobus, wer sie auch sein mag! Ich werde sie mir auf Eis legen, bis ich mal wieder durch Elvingdale fahre.«

Er zwinkerte mir grinsend zu und begann nach Zigaretten zu suchen. Ich fand mich völlig im Ungewissen, ob er log oder die simple Wahrheit sagte, und überlegte gerade, wie ich ihn aus einer anderen Richtung packen könnte, als er mir mit einer eigenen Frage zuvorkam.

»Ich weiß, daß es mich eigentlich nichts angeht, Squire. Aber dieser Schuldschein, den du in Melissas Kassette gefunden hast -«

»Ja?«

»Nun, vielleicht sollte ich diese Frage nicht stellen, aber - war er von Felix?«

Ich wollte nicht direkt antworten. »Wie meinst du das genau?«

»Der Schuldschein - war er von Felix Hepburn unterzeichnet?«

In eben diesem Augenblick ertönte das Glockenspiel der Wohnungstür.

»Offenbar kommen jetzt deine Freunde«, sagte ich, froh über die Unterbrechung. »Vielleicht sollte ich jetzt lieber gehen.«

Den letzten Satz hörte Don nicht, da er selbst zur Tür eilte und, wie ich sehen konnte, seinem gravitätischen Diener Benson um eine reichliche Armlänge zuvorkam.

Gleich darauf hörte ich Paulas Stimme, die munter über Dons elegantes neues Dinnerjackett witzelte. Dann kam das langgezogene, wahrhaft an Eselsgeschrei erinnernde Lachen von Felix, gefolgt von hastiger, halblauter Unterhaltung. Vermutlich sagte Don den beiden, daß ich da sei. Einen Moment später betraten sie den Salon, irgendwie befangen.

Warum hatte Don mir nicht gesagt, daß er die Hepburns erwartete, als ich ihn nach der Party fragte? Glaubten sie nun, daß sie mich wegen meines Trauerfalles mit respektvoller Zurückhaltung behandeln müßten, oder war es ihnen einfach peinlich? Ich wußte es nicht. Aber die Situation kam mir so gezwungen vor, daß ich irgendwie versuchte, ihnen ihre Unbefangenheit zurückzugeben.

Nach und nach tauten sie auf, was auch an den Drinks liegen mochte. Und obwohl die Unterhaltung immer wieder auf das Geheimnis um Melissas Tod und die Ermittlungen der Polizei zurückkam, schienen sie sich bald behaglicher zu fühlen, als anfangs erwartet werden konnte. Oder spielten sie alle Theater?

Ich jedenfalls spielte Theater.

Ich habe mich seither beim Gedanken an diese Szene oft gefragt, wie erfolgreich mein Theaterspielen wirklich gewesen ist. Ich heuchelte weitgehende Unaufmerksamkeit für das, was gesprochen wurde. In der Tat aber lauschte ich wie ein Fuchs auf dem Pirschgang, alle Sinne gespannt, um den geringsten falschen Zungenschlag einzufangen und den winzigsten Hinweis zu beachten, der irgendein Licht in das Dunkel zu werfen schien.

Ich erfuhr bald, daß Don von Inspektor Cameron vernommen worden war, und daß Cameron bei dieser Gelegenheit auch Fragen über Felix gestellt hatte. Ebenso war Felix vernommen worden und hatte Fragen über Don beantworten müssen. Ich vermutete, daß Cameron hierbei einem mehr oder weniger fest umrissenen Schema gefolgt war.

Auch fand ich es bemerkenswert, zu hören, daß Don sich im Lauf seiner eigenen Geburtstagsparty für einige Zeit entfernt hatte; anscheinend war Carol Stewart, eins der Partygirls, von Übelsein befallen worden, und Don hatte sie nach Hause fahren müssen. Dies schien den Inspektor ebenso verblüfft zu haben, wie es jetzt mich stutzig machte.

Weiterhin erfuhr ich, daß der Telefonanruf, mit dem Felix und Paula mich zu erreichen versuchten, nicht aus Dons Wohnung, sondern aus einer Telefonzelle erfolgt war, und zwar, weil Dons Telefon nicht funktionierte. Aber es hatte wohl nur für kurze Zeit nicht funktioniert. Denn wenig später konnte Carol Stewart aus ihrer Wohnung bei Dons Wohnung anrufen, um Don zu sprechen – nur war der gute Don, der die vom Übelsein befallene Carol ja nach Hause gefahren hatte, zu Carols offenbarer Verwunderung um diese Zeit noch nicht wieder in seine Wohnung zurückgekehrt.

So beiläufig wie möglich stellte ich einige Fragen über Carol Stewart, die ich noch nicht kannte.

»War sie eine Freundin von Melissa?« erkundigte ich mich bei Paula.

»Ja, sie waren wohl ziemlich eng befreundet, Guy. Auch Carol träumte oder träumt noch davon, beim Theater oder beim Fernsehen Karriere zu machen. Hat Melissa dir denn nie von Carols ›großer Szene‹ bei Partys erzählt, bevor sie plötzlich so beschwipst zu sein vorgibt, daß der jeweilige Gastgeber sie nach Hause fahren muß? Köstlich, sage ich dir! Und jedesmal dieselbe Routine! Immer muß es der Gastgeber sein – besonders, wenn er jung und hübsch ist wie Don.«

Wir alle lachten über Paulas trockenen Ton.

Das Lachen war noch nicht ganz verklungen, als wir gewahr wurden, daß der gravitätische Benson in der Salontür erschien, um einen neuen Gast anzukündigen. Gleich darauf tänzelte ein übertrieben aufgetakeltes Mädchen an ihm vorüber in den Raum.

Paula gönnte mir ein schiefes Lächeln, und Don rief aus: »Carol, wie reizend!« Für meine Ohren fehlte seiner Stimme einiges an Echtheit.

Ich beäugte Carol Stewart mit unverhülltem Interesse. Sie war ungefähr in Melissas Alter, aber sonst in allem ganz anders. Sie hatte dunkles, sehr modern gestutztes Haar und trug zuviel Make-up. Ihre Kleidung war elegant, jedoch ungeeignet für ihre etwas füllige Figur. Sie kicherte zuviel und zu laut. Und sie war mit zu vielen auffallenden Stücken Kostümschmuck behängt. Irgendwie erinnerte sie an einen überladenen Christbaum.

Als ich ihr vorgestellt wurde, fragte sie mit unüberbietbarer Taktlosigkeit, ob ›der Fall Melissa‹ Fortschritte mache. Selbst Felix konnte sich ein mißbilligendes Seufzen nicht versagen.

Ich zuckte die Achseln. »Offen gestanden, ich weiß es nicht. Es ist schwer zu erkennen, ob die Polizei irgendwelche Fortschritte macht oder nicht. Ein gewisser Inspektor Cameron bearbeitet den Fall. Er wirkt sehr tüchtig und –«

»Ja, ich weiß, ich kenne ihn«, warf Carol ein. »Er war heute früh bei mir.«

Paula erkundigte sich: »Hat er Ihnen eine Menge witzloser Fragen gestellt, Kindchen?«

Carols Antwort kam überraschend keck: »Er hat eine Menge Fragen gestellt, ja.«

Felix grinste eulenhaft. »Ich wette, er wollte wissen, wie lange der gute Don brauchte, um Sie nach Hause zu bringen – eh?«

»Unter anderem, ja«, entgegnete Carol.

Don fragte beinah scharf: »Was meinst du damit – unter anderem?«

»Nun, hauptsächlich fragte er mich, wie meine Beziehungen zu Melissa gewesen wären.«

Ich fand, daß Don nach dieser harmlosen Antwort merklich erleichtert aussah. Bei dem Versuch, Carol zu einem Drink zu überreden, gab er sich sehr charmant.

Sie entgegnete: »Nein, Don, ich mag nicht – trotzdem danke schön! Ich bin auf dem Weg zu einer Premiere, und unten wartet jemand auf mich. Ich kam nur herauf, um ein Wort mit dir zu reden. Aber es ist nicht so wichtig. Ich rufe dich morgen früh an.«

Don nahm sie galant beim Ellbogen und geleitete sie hinaus.

Es mag nicht ganz korrekt gewesen sein, aber ich hatte den Verdacht, daß Don und Carol ohne Zeugen miteinander sprechen wollten, und beschloß deshalb, ein bißchen zu lauschen. Unter dem Vorwand, ins Badezimmer zu gehen, verließ ich den Salon durch eine andere Tür und schlich draußen den Korridor entlang, bis ich Don und Carol in der Vordiele flüstern hörte.

Don schien sehr nervös zu sein, als er sich erkundigte: »Was sagte der Inspektor sonst noch?«

»Um dir das zu sagen, bin ich ja gekommen, Darling«, antwortete Carol. »Aber vor den anderen Leuten dort drinnen –«

»Um Himmels willen, Carol, was hast du ihm erzählt?«

»Natürlich habe ich ihm die Wahrheit gesagt. Was denn sonst?«

»Entschuldige, Süße. Aber anscheinend hat dieser Cameron auch Felix über mich ausgefragt. Er fängt an, mich nervös zu machen. Er wollte genau wissen, wie lange ich von meiner Geburtstagsparty fort war und was geschah.«

Carol lachte. »Meine Güte, er darf doch nicht erwarten, daß

ein Mädchen ihm alles erzählt! Aber ich kann dich beruhigen. Er schien nicht so sehr an dir interessiert. Er hat mich hauptsächlich über Felix ausgefragt.«

»Was! Dich hat er über Felix ausgefragt?« Don war alarmiert, fast bestürzt.

»Ja. Deshalb war es mir so verdammt peinlich, hier Felix zu begegnen.«

»Erinnerst du dich genau an das, was er fragte?«

»Ja. Er wollte wissen, ob Felix je versucht hätte, sich von mir Geld zu borgen.«

»Was sagtest du darauf?«

»Ich sagte ihm die Wahrheit. Felix hat tatsächlich vor ungefähr einem Jahr versucht, von mir fünfhundert Pfund zu leihen. Ohne Erfolg, natürlich. Nicht ein Pfund hatte ich übrig.«

Anscheinend brauchte Don ein paar Sekunden, um dies zu verdauen. Dann raunte er: »Weiter, Carol! Was noch?«

»Nun, er fragte mich, ob Felix einen Telefonanruf erledigt hätte, während er auf der Party war. Ich sagte, ganz sicher wäre ich dessen nicht, aber ich dachte kaum, daß er telefoniert hätte.«

»Tatsächlich hat er etwas später telefoniert«, erläuterte Don. »Von einer Telefonzelle aus. Das war in der Zeit, als ich dich nach Hause brachte. Von hier aus konnte er nicht telefonieren, weil mein Telefon nicht in Ordnung war.«

»Wer will dir denn das einreden?« fragte Carol schnell.

»Hmm?«

»Na, lange kann es kaum in Unordnung gewesen sein, Don. Ich habe ja kurz danach deine Telefonnummer gewählt, und die Verbindung kam ohne weiteres zustande. Mir war, als hätte ich mich nicht nett genug zu dir benommen, und ich rief an, um mich zu entschuldigen. Irgendeine Frau meldete sich, und aus dem Hintergrund konnte ich den Klamauk von der Party hören. Ich fragte nach dir. Als die Frau erklärte, du wärst noch nicht wieder zu Hause, sagte ich, wie Felix es immer macht, ›Na so was!‹, aber etwas enttäuscht oder gereizt, und legte auf.«

Don schwieg sekundenlang, ehe er fragte: »Hast du dem Inspektor von diesem Anruf erzählt?«

»Nein, das schien mir nicht nötig. Es hatte nichts mit Felix zu tun, und er interessierte sich nur für Felix. Darling, jetzt muß ich rennen, sonst komme ich zu spät zu der Premiere. Die Premiere selbst ist mir schnuppe, aber du weißt ja – man trifft so wichtige Leute dort. Jetzt renne ich wirklich!«

Sie küßten sich. Was sie noch redeten, verstand ich nicht mehr. Für mich wurde es höchste Zeit, wenn ich wieder im Salon sein wollte, ehe Don zurückkehrte.

Ich schaffte es eben noch, Don kam nur einen Moment später. Als er kurz danach erwähnte, nun würden bald ein paar seiner Freunde aus der Motorindustrie erscheinen, erfand ich irgendeinen Vorwand, um mich zu verabschieden. Paula und Felix fragten vorsichtig, ob ich nicht mit ihnen zehn oder vierzehn Tage Ferien machen wollte, aber ich lehnte ab, da ich wußte, daß es sich bei meinem bedrückten Zustand doch für keinen von uns gelohnt hätte.

»Tatsächlich erwäge ich«, sagte ich dann und sprach damit eine Idee aus, die mir eben erst ganz vage durch den Sinn gegangen war, »mich in mein Cottage bei Lenton-on-Sea zurückzuziehen – das heißt, wenn Inspektor Cameron es erlaubt. Ich möchte eine Zeitlang ganz allein sein.«

»Hast du denn diese triste Bude noch, Guy?« fragte Don verwundert. »Ich war der Meinung, du hättest sie längst verkauft.«

»Wir boten sie verschiedentlich zum Verkauf aus, aber niemand wollte anbeißen.«

»Überrascht mich nicht«, bemerkte Felix. »Wer möchte schon ein abgelegenes Cottage kaufen, wo außer den Möwen keiner ist, mit dem man sprechen kann?«

Paula lachte. »Nicht alle Menschen sind so gesellig veranlagt wie du, Felix. Ich möchte annehmen, das Cottage wäre ideal für Guy, wenn er an seinem Roman weiterarbeiten will.« Zu mir gewandt, fügte sie hinzu: »Ich konnte nie verstehen, warum du nicht mehr Zeit dort verbrachtest.«

»Melissa haßte das Cottage. Schließlich bekam ich sie nicht mal mehr für ein Wochenende dorthin«, sagte ich. »Also, noch einen netten Abend, allerseits ... Nein danke, Don, du brauchst mich nicht hinauszubegleiten.«

Ich fuhr nach Hause, betrat vorsichtig und gespannt die Wohnung, in der sich diesmal gar nichts rührte, mixte mir einen Drink und sank in einen Sessel.

Ich hatte an diesem Tag eine ganze Menge erfahren, in Elvingdale und in Dons Wohnung. Aber einer Lösung – wie auch immer sie aussehen mochte – war ich nicht näher gekommen. Ich beschloß, Inspektor Cameron anzurufen, um zu hören, ob er etwas Neues wüßte. Ich versuchte es mit beiden Telefonnummern, die er mir gegeben hatte, aber er meldete sich weder im Scotland Yard, noch daheim. Nun, ich durfte kaum annehmen, daß er den ganzen Tag dasitzen und auf meinen Anruf warten würde.

Da ich nicht wußte, was ich anfangen sollte, geschah es, daß ich den Fehler machte, mich mit Melissas persönlichen Dingen zu befassen.

Aber als ich ein bestimmtes Halstuch, ein winziges Spitzenhöschen, einen leichten Sweater in die Hände bekam – alles Dinge, die sie besonders gemocht hatte –, erwachte erst der wirkliche Schmerz, sie verloren zu haben. Mit jedem Kleidungsstück kam eine Erinnerung, ein wildes Aufwallen wehmütiger Gefühle. Nach kurzer Zeit war ich derart von rührseligem Selbstmitleid zermürbt, daß ich aufgeben mußte. Ich stürzte zu dem Tischchen mit Whiskykaraffe und Sodasyphon wie ein Wettläufer beim Start; sie schienen meine einzige Zuflucht.

Zwei Stunden später – oder waren es drei? Oder war es nur eine? – klingelte das Telefon.

Ich nehme an, die Klingelei holte mich ins Bewußtsein zurück. Zuerst dachte ich, ich wäre schon zu Bett gegangen. Dann wurde mir nach und nach bewußt, daß der Telefonapparat auf dem Schreibtisch stand, neben Melissas Fotografie, und daß ich, kaum einen halben Meter davon entfernt, im Schreibtischsessel hockte.

Ich beschloß, nicht zu antworten. Ich glaubte nicht, daß ich imstande sein würde, verständlich zu sprechen. Mein Kopf war dick, und die beträchtliche Menge Whisky, die ich getrunken hatte, schien meine Zunge unter eine schwere Lage nassen Sandes gebettet zu haben.

Das Telefon klingelte beharrlich, ein modernes Marterinstrument.

Nun, es gibt eine gute Art, ein beharrlich klingelndes Telefon daran zu hindern, daß es einen zur Verrücktheit treibt: Man nimmt den Hörer ab. Ganz einfach.

Ich nahm den Hörer ab, legte ihn auf den Schreibtisch, beachtete ihn überhaupt nicht und bettete meinen Kopf wieder auf meine Arme.

Wie in einem Traum hörte ich eine Stimme, schmerzlich vertraut und unsagbar geliebt, über den Draht flüstern.

»... Guy, Darling, bist du es? Bist du da, Schatz?«

7

Ich werde niemals wissen, wie ich – unversehrt und ohne das Auto in Trümmer gefahren zu haben – nach Lenton-on-Sea gelangt bin. Zu sagen, daß ich wie ein Verrückter fuhr, wäre ungenau. Ich fuhr wie ein Betrunkener. Und die ganze Zeit hetzten Melissas geflüsterte Worte mich vorwärts.

›... hörst du zu, Schatz? Hier spricht Melissa ... Guy, Darling, ich muß dich sehen. Ich bin im Cottage. Du mußt kommen, es ist schrecklich dringend. So schnell du kannst. Bitte komm, Schatz – bitte ...‹

Gegen alle Gesetze der Vernunft war Melissas Stimme über den Telefondraht zu mir gekommen. Und als drüben aufgelegt worden war – ohne daß ich eine einzige all der Fragen hatte stellen können, die mir auf der Zunge lagen –, da fühlte ich mich plötzlich nicht mehr sicher, ob es Wirklichkeit gewesen war, oder ob ich mir Dinge einbildete.

Logik und Vernunft sprachen dagegen. Aber ich wünschte, daß es wahr gewesen wäre, ich verlangte mit allen Fasern meines Herzens danach. Und so rannte ich, um das Auto aus der Garage zu holen und loszufahren, ehe Zweifel über mich kämen.

Wie ich aus London hinauskam, ohne von einem Polizisten gestoppt zu werden, ist mir ein weiteres Rätsel. Einmal auf den Landstraßen von Kent, hatte ich weniger von der Polizei zu fürchten, als von meiner eigenen hochgradigen Erschöpfung und den Folgen meiner Whiskytrinkerei. Verschiedentlich wäre ich beinahe von der Fahrbahn abgekommen. Einmal streifte ich mit der Stoßstange ein ungeschickt abgestelltes Fahrrad und sah es zur Seite fliegen. Und dann folgte ein entsetzlicher Moment, als ich merkte, daß ich geradewegs auf die Lichter eines aus entgegengesetzter Richtung kommenden Lastwagens losfuhr; erst in letzter Sekunde konnte ich ausweichen, und mir war, als hörte ich durch das Kreischen der Bremsen einen Strom von Flüchen.

Dieses Erlebnis hatte glücklicherweise einen ernüchternden

Einfluß auf mich. Bei der nächsten geeigneten Stelle schwenkte ich von der Straße ab, steuerte das Auto unter ein paar Bäume, schaltete das Licht aus und fiel, den Kopf auf die über dem Lenkrad gekreuzten Arme gebettet, in unruhigen Schlummer.

Wie lange dieser Schlummer dauerte, weiß ich nicht. Ein Rütteln an der Schulter weckte mich. Im matten Licht der anbrechenden Morgendämmerung sahen meine blinzelnden Augen ein freundliches, unrasiertes Gesicht und darüber eine verwegen aufgesetzte Chauffeurmütze.

»Na, alles in Ordnung, Kollege?«

Ich murmelte eine bejahende Antwort; mein Mund und meine Zunge fühlten sich pelzig an.

»Dachte mir, ich sollte mal nachgucken. Sie sahen aus wie tot.«

»Ich habe mich bloß ein bißchen ausgeruht.«

Mein neuer Freund grinste verständnisvoll. »Na ja, der Duft von Ihrem Schlummerpunsch ist noch zu riechen.«

Ich fragte, wie spät es sei.

»Vier vorbei. Na, Kollege, tut mir leid, daß ich Sie in Ihrem Schlaf gestört habe. Gute Fahrt, nachher.«

Er nickte mir zu und tapste davon, ein großer Schatten zwischen den Bäumen. Eine Minute später hörte ich die Geräusche eines anfahrenden Lastwagens.

Ich starrte benommen auf meine Uhr. Sie hatte nicht nur verfehlt, meinem angeschlagenen Verstand die Zeit zu vermitteln, sie bereitete mir obendrein auch Schmerz. Denn das metallene Armband kniff dank der ungeschickten Haltung, in der ich geschlafen hatte, heftig in mein Handgelenk. Ich streifte die Uhr ab, steckte sie in die Tasche und zündete mir eine Zigarette an. Sie schmeckte scheußlich. Ich warf sie weg, betätigte den Starter und manövrierte das Auto wieder auf die Straße.

Von nun an fuhr ich vorsichtig. Wenn in dem Cottage wirklich Melissa auf mich wartete, würde sie zweifellos vorziehen, mich etwas später, aber ohne Verletzungen zu erhalten.

Fast volles Tageslicht herrschte, als ich Lenton erreichte. Ich durchquerte das Dorf, wo sich noch nicht viel regte, und bog in die schmale Küstenstraße ein, die zu unserem Cottage führt. Das Cottage ist fast völlig von Strandkieseln umgeben, bis auf einen schmalen Sandpfad, der von der Straße zur Vordertür reicht.

Ich bremste das Auto. Es hielt. Ich stieg aus, eilte den Sandpfad entlang und steckte den Schlüssel in das Türschloß. Die Tür quietschte erbärmlich, als ich sie öffnete. Ich versprach mir, sie bald zu ölen.

»Melissa!« rief ich leise. »Melissa! Ich bin es – Guy. Wo steckst du?«

Im Wohnzimmer war sie nicht. Als ich zum Schlafzimmer ging, trat ich auf etwas. Ich bückte mich danach. Es waren ein Paar Handschuhe – die alten Gartenhandschuhe, die ich für gewöhnlich auf einem Regal hinter der Küchentür verwahrte. Als ich mich aufrichtete, bemerkte ich, daß die Tür zur Küche offen stand und daß in der Küche die trübe Deckenlampe brannte.

Ich ging in die Küche.

Einen winzigen Moment später wünschte ich mir, daß ich das nicht getan hätte – wünschte es mir mit all der vergeblichen Intensität, die wir aufbringen, wenn wir verzweifelt um die Gnade beten, das Rad der Geschichte zurückdrehen zu können.

Das Mädchen in dem alten Korbstuhl war tot. Und ich stand da, das entsetzliche Bild anstarrend, anstatt daheim in London friedlich in meinem Bett zu schlummern.

Abgesehen von den Handschuhen berührte ich nichts. Ich hockte einfach auf dem alten Diwan im Wohnzimmer, von wo aus die Leiche in der Küche nicht zu sehen war, und lauschte halb unbewußt, wie draußen die sanften Brandungswellen über die Strandkiesel plätscherten. Für mich gab es nichts zu tun als auf die örtliche Polizei zu warten, die ich telefonisch alarmiert hatte.

Der Kriminalsergeant, der schließlich mit einigen Assistenten, einem Arzt und einem Fotografen erschien, war weder beschränkter noch intelligenter als die meisten seiner Art. Seine Hauptsorge war – so schien es mir –, nichts zu tun, wofür er später getadelt werden könnte. Er lehnte es ab, mich mit Inspektor Cameron telefonieren zu lassen, und behielt mich während jeder Minute dieses endlosen Morgens wachsam im Auge.

Zum viertenmal fragte ich: »Sergeant, warum geht es Ihnen nicht in den Kopf, daß Inspektor Cameron der einzige Mann ist, der diese schreckliche Situation vielleicht verstehen kann?«

»Ich selbst tue mein Bestes, sie zu verstehen, Sir. Wollen wir, wenn es Ihnen nichts ausmacht, jetzt einen oder zwei Punkte noch einmal durchnehmen?«

»Wie Sie wünschen, Sergeant.«

»Nun gut.« Er machte eine leichte Kopfbewegung zur Küche. »Sie geben also zu, diese junge Lady gekannt zu haben?«

»Ja. Das sagte ich Ihnen bereits zweimal.«

»Hmmm. Und sie war in der Tat eine Freundin von Ihnen?«

»Mary Antrobus war keineswegs eine Freundin von mir!« entgegnete ich beinah schreiend. »Ich habe sie zu ihren Lebzeiten genau einmal getroffen! Einmal, Sergeant! Ist das jetzt klar?«

»Gewiß. Sie haben es mir gesagt, Sir. Sie haben es mir mehrmals gesagt. Aber ich denke, wir lassen es einstweilen auf sich beruhen, bis wir Gelegenheit haben, einige Routineermittlungen durchzuführen. Hm, hm! Ja. Wie erklären Sie nun die Tatsache, Sir, daß Ihre Fußspuren auf dem Sandpfad zwischen Straße und Vordertür sind?«

Ich stöhnte verzweifelt. »Weil das der Weg ist, auf dem ich das Cottage betreten habe – natürlich! Sie wollen mir doch nicht erzählen, daß dort nur meine Fußspuren sind?«

»Ich fürchte, so ist es, Sir.«

»Und Ihre eigenen? Die Ihrer Assistenten? Die des Arztes, des Fotografen und so weiter? Oder sind Sie alle durch die Luft geflogen?«

»O nein, Sir, beileibe nicht. Aber wir waren so umsichtig, über die Strandkiesel zu gehen.«

Er war ausgesucht höflich, das muß ich sagen. Und doch – welche Murkserei! Ich holte tief Atem und versuchte es auf meine vernünftigste und überzeugendste Art.

»Demnach, Sergeant, dürfte der Weg über die Strandkiesel genau der sein, den auch der Mörder wählte. Ganz logisch, nicht wahr?«

Sergeant Heston zog die Augenbrauen zusammen und bedachte es. Er schien es nicht unbedingt zu bejahen, aber auch nicht ganz zu verneinen, und ging lieber auf einen sichereren Kurs.

»Sie haben mir gesagt, Sir, Sie seien heute nacht hierhergekommen, weil Ihre Frau Sie anrief und bat, hier mit ihr zusammenzutreffen?«

»Ja.«

»Ihre Frau ist doch tot, Sir. Sie wurde erdrosselt im Regent's Park gefunden – nicht wahr?«

»Ich weiß, daß dies als gegeben erachtet wird, aber –«

»Wie hätte sie telefonieren können, wenn sie tot ist?«

Ich unterdrückte meinen jäh aufwallenden Ärger und sagte mit fester Stimme: »Hören Sie, Sergeant, ich habe Ihnen alles gesagt, was ich sagen kann. Und nun werde ich keine Frage mehr beantworten, bis Sie zu der Einsicht gelangen, daß es wohl doch besser wäre, sich mit Inspektor Cameron in Verbindung zu setzen.«

Er überlegte ein Weilchen daran herum; dann schien es ihm in den Kopf zu gehen, daß ich meinte, was ich sagte. Jedenfalls führte er ein Telefongespräch mit Cameron. Mich selbst ließ er nicht mit dem Inspektor reden. Aber nachdem er aufgelegt hatte, erteilte er mir die Erlaubnis, nach London zurückzukehren – unter diskreter Polizeibewachung natürlich.

Als einen freien Mann durfte ich mich also nicht mehr betrachten. Niemand gebrauchte das Wort ›Gefangener‹, o nein. Aber genau das war ich – ein Gefangener. Bis auf die Bezeichnung.

Beim Yard angelangt, geleiteten mich meine Bewacher in einen düsteren Raum, wo ich von einem düster dreinblickenden Inspektor Cameron erwartet und der unerfreulichsten Vernehmung unterzogen wurde, die ich bisher erlebt hatte.

Cameron kam sofort zur Sache: »Mr. Foster, wollen Sie uns wirklich weismachen, Sie wären letzte Nacht von Ihrer Frau angerufen worden?«

»Was ich gesagt habe, klingt vielleicht absurd. Aber ich bleibe dabei.«

»Ihre Frau ist tot. Es kann unmöglich die Stimme Ihrer Frau gewesen sein, die Sie im Telefon hörten.«

»Aber es war ihre Stimme! Zumindest klang sie so, genau so! Ich sage Ihnen, es war unheimlich!«

Cameron holte tief Luft. Ich spürte, daß er seine Ungeduld zügeln mußte. »Mr. Foster, ich will ganz offen mit Ihnen sein. Ich habe einen Bericht aus Elvingdale erhalten. Danach steht fest, daß sie erst gestern vormittag dort waren und spezielle Fragen über das Mädchen stellten, das letzte Nacht in Ihrem Cottage ermordet wurde – Mary Antrobus. Sie sprachen in Duncans Friseurladen mit ihrem kleinen Bruder und befragten wenig später auch einen alten Mann namens Richard Stockton, der auf dem Parkplatz tätig ist.«

»Einen Moment, bitte. Das ist nicht ganz richtig.«

»Sie bestreiten, mit einem der beiden gesprochen zu haben?«

»Nein, das nicht. Aber Sie legen die Sache falsch aus. Ich suchte nicht nach Mary Antrobus, ich suchte nach einem Mann namens Peter Antrobus ... Ich will es Ihnen von Anfang an erzählen. Donald Page kam vorgestern in meine Wohnung und brachte mir eine Stahlkassette ...«

Ich berichtete, was in der Kassette war; ich berichtete vor allem von dem Brief, der mir über Melissas Tun die Augen geöffnet hatte.

Cameron fragte: »Dieser Brief bestätigt tatsächlich, daß Ihre Frau enge Beziehungen zu einem Peter Antrobus unterhielt – und daß Sie deswegen mit ihr Streit hatten?«

»Ja, das stimmt.«

»Demnach hatte Doktor Swanson doch recht, Sir! Sie glaubten, daß Ihre Frau Ihnen untreu wäre!«

»Nein, durchaus nicht! Ich berichte hier nur, was in dem Brief stand. Von diesem Antrobus habe ich nie gehört, bis ich Melissas Brief las.«

»Ich verstehe. Und was geschah dann?«

»Nun, etwas später am selben Abend brach jemand in meine Wohnung ein – das heißt, einbrechen ist wohl nicht das richtige Wort, denn es muß ein passender Schlüssel verwendet worden sein. Also – etwas später am selben Abend drang jemand in meine Wohnung ein und hinterließ auf der Walze meiner Schreibmaschine diese Nachricht.« Ich holte das Stück Papier aus meiner Brieftasche und gab es Cameron. »Ich bin ziemlich sicher, daß es auf meiner Maschine getippt wurde. Die Typen sind dieselben, auch gewisse kleine Eigenheiten stimmen überein.«

Der Inspektor studierte das Papier, während ich ihm erzählte, wie ich tags darauf nach Elvingdale gefahren war, um Peter Antrobus zu suchen. Er hörte schweigend zu.

Als ich geendet hatte, fragte er: »Sie wissen nicht, wer einen Schlüssel zu Ihrer Wohnung haben könnte, mit dem er hineingegangen ist, um diese Nachricht zu tippen?«

»Nein, ich ahne es nicht. Ich vermute nur, daß es eine Frau war. Ich fand bei den Fenstervorhängen in der Diele ein kleines Spitzentaschentuch und glaubte dort auch einen schwachen Hauch von Melissas Parfüm wahrzunehmen. Ich denke, die Frau muß sich hinter den Vorhängen versteckt haben. Ich meine sogar, durch das Fenster einen flüchtigen Blick auf sie erhascht zu haben, als sie unten auf der Straße eilig in ein Auto stieg, das sofort davonfuhr.«

»Hm. Haben Sie das Taschentuch verwahrt?«

»Ja. Zufällig habe ich es sogar bei mir.«

Ich zog es aus der Tasche, reichte es ihm über den Schreibtisch und schwieg, während er es eingehend betrachtete. Schließlich legte er es beiseite und brummte dabei etwas Unverständliches.

Ich sagte: »Als ich den Buchstaben ›M‹ darauf sah, dachte ich –«

»Ja, ich kann mir vorstellen, was Sie dachten, Mr. Foster.«

Der Inspektor zündete sich eine Zigarette an, hielt mir aber die Schachtel nicht hin. Aus seinen Zügen sprach kein Wohlwollen, als er den Rauch ausblies und dann fragte: »Sind Sie ganz sicher, daß Sie mir die volle Wahrheit über Ihren Besuch in Elvingdale gesagt haben?«

»Absolut sicher.«

»Sie sind nicht hingefahren, um Mary Antrobus zu sehen?«

»Nein, ich bin hingefahren, um Peter Antrobus zu sehen. Daß er eine Schwester hatte, ahnte ich nicht, bis sie in den Friseurladen kam, um ihn abzuholen.«

»Und Sie haben später mit ihr auch nicht verabredet, daß Sie sich im Cottage in Lenton-on-Sea treffen wollten?«

»Nein, nichts dieser Art – das schwöre ich.«

»Sahen sie – außer Mary und ihrem kleinen Bruder – sonst noch jemanden in Elvingdale?«

Ich dachte einen Moment lang nach und sagte: »Oh, das hätte ich beinahe vergessen. Hören Sie, wen ich noch getroffen habe: Joyce Dean, Doktor Swansons Sprechstundenhilfe und Sekretärin. Zuerst sah ich sie zufällig aus einer Buchhandlung kommen. Und nach meinem Besuch in Duncans Friseurladen prallte ich förmlich mit ihr zusammen.«

Die buschigen Augenbrauen des Inspektors hoben sich in merklichem Interesse. »Was tat sie in Elvingdale? Wissen Sie das?«

»Sie sagte mir, sie besuche ihre Mutter, die dort wohnt. Von Mary Antrobus hörte ich nachher, daß sie bis vor einem Jahr im dortigen Hospital gearbeitet hat.«

»War sie allein?«

»Nein, Doktor Swansons Chauffeur war auch da. Ein zwielichtiger Bursche, meines Erachtens. Ich nehme an, der Doktor hatte ihr für diesen Tag seinen Wagen nebst Chauffeur zur Verfügung gestellt.«

Falls ich insgeheim gehofft haben sollte, mein Ton und die Wahl meiner Worte würden Cameron veranlassen, kritisch über Dr. Swansons Beziehungen zu seiner eleganten Sekretärin nachzudenken, stand mir eine Enttäuschung bevor. Der Inspektor äußerte nichts, drückte seine Zigarette sorgfältig in den Aschenbecher und stand auf.

»Wo ist der Brief, in dem Ihre Frau von ihren Beziehungen zu diesem Peter Antrobus geschrieben hat, Mr. Foster?«

»In der Stahlkassette. Und die Kassette ist in meiner Wohnung.«

»Gut. Ich möchte diesen Brief sehen. Gehen wir!«

Ohne ein Wort miteinander zu sprechen, fuhren wir zu meiner Wohnung. Ich konnte nur hoffen, daß ich den Brief noch in der Kassette finden würde; nach den jüngsten Ereignissen schien es mir angezeigt, mich auf künftige unerfreuliche Überraschungen gefaßt zu machen.

Aber der Brief war noch in der Kassette.

Ich seufzte erleichtert, als ich ihn dem Inspektor überreichte. Cameron begab sich zu seinem Lieblingsplatz am Kamin, zog den Brief aus dem Kuvert und begann zu lesen. Ich beobachtete sein Gesicht. Je weiter er las, desto unmißverständlicher wurde die Verwunderung, die seine Züge überschattete.

Er ließ den Brief sinken, sah zu mir und fragte: »Sind Sie ganz sicher, daß dies der Brief ist, Mr. Foster?«

»Selbstverständlich. Stimmt etwas nicht?«

Er kam zu mir und gab mir den Brief. Beim ersten Überfliegen merkte ich nichts. Dann las ich ein zweitesmal und sah, was nicht stimmte. Von einer gewissen Einzelheit abgesehen, war dieser Brief fast genauso geschrieben wie der Brief, den ich Don Page gezeigt hatte; daß es sich um Melissas Handschrift handelte, konnte nicht bezweifelt werden. Aber es gab einen entscheidenden, wichtigen Mangel: Peter Antrobus war nicht erwähnt. Der Brief lautete:

›Guy, mein Schatz,
ich bedauere unseren Krach. Ich hatte gehofft, daß Du nie erfahren würdest, was an jenem Abend geschah. Ich versuchte es vor Dir geheimzuhalten – selbst jetzt ahne ich noch nicht,

was Dich argwöhnisch machen konnte. Was auch sein mag – bitte, vergib mir das viele Unglücklichsein, das ich Dir beschert habe.

Melissa.‹

Cameron sagte gelassen: »Ich fürchte, ich sehe da keine Erwähnung des Namens Peter Antrobus, Sir.«

»Aber der Name war erwähnt! Ich schwöre, daß er erwähnt war!«

»Ist es derselbe Brief, Sir?«

»Er sieht fast genauso aus. Und doch kann er es nicht sein!«

»Wenig wahrscheinlich, daß es zwei Briefe gäbe, Sir.«

Ich zuckte hilflos die Achseln. Ich wußte nicht, was ich sagen sollte.

Cameron fragte: »Hat Mr. Page diesen Brief gesehen, Sir?«

Ich nickte stumm.

»Gut. Dann sollte ich wohl mit ihm sprechen.«

Cameron nahm Hut und Mantel. An der Tür blieb er stehen und sagte trocken: »Ich nehme an, daß Sie keine Reiseabsichten haben, Mr. Foster? Sie werden in den nächsten Tagen hier erreichbar sein?«

Ich nickte düster. Ich war wieder dasselbe wie vorhin, auf der Fahrt von Lenton nach London und im Vernehmungszimmer bei Scotland Yard – ein Gefangener. Und nun stand ich unter Hausarrest.

Ich verbrachte den Nachmittag damit, etwas von dem Schlaf nachzuholen, den ich in der Nacht versäumt hatte. Ein beharrliches Klingeln an der Wohnungstür weckte mich. Draußen war es inzwischen dunkel geworden. Gereizt zog ich meinen Hausmantel über und ging zur Tür. Es war Don Page, wieder einmal in tadellos gebügelter Abendkleidung. Ich fragte mich insgeheim, wann er je Zeit für Autorennen und Training fände.

»Guy, ich möchte mir dir sprechen. Darf ich hineinkommen?«

Er schien düsterer Laune, was bei ihm unüblich war. Immerhin paßte es zu meiner eigenen Laune.

»Was gibt's, Don?« fragte ich, als wir das Wohnzimmer betraten.

»Guy, weshalb, zum Kuckuck, hast du Inspektor Cameron von der Kassette erzählt?«

»Warum sollte ich nicht? Ist es etwa ein Staatsgeheimnis?«

»Nein, aber ... Aber weshalb mußtest du mich hineinziehen? Weshalb mußtest du ihm erzählen, daß Melissa mich gebeten hat, die Kassette für sie zu verwahren?«

»Weil ich den Eindruck hatte, daß dies die Wahrheit ist. Ich gehöre zu den altmodischen Typen, die das einfacher finden.«

»Zugegeben, alter Junge. Und doch hättest du das alles nicht ausgerechnet Cameron erzählen sollen. Jetzt wird dieser verdammte Narr unter dem Eindruck weiterarbeiten, Melissa und ich – nun, wir wären extrem freundschaftlich miteinander gewesen!«

»Wart ihr das denn nicht?«

»Ja, ganz allgemein. Aber du weißt, was ich meine. Cameron versucht mehr in dieser harmlosen Freundschaft zu sehen. Tatsächlich scheint er jetzt überzeugt, daß ich alles weiß, was es über Melissa zu wissen gibt.«

»Ich glaube nicht, Don, daß dies überhaupt jemand weiß. Weder du, noch ich oder sonst irgendwer.«

»Versuch das Cameron beizubringen, alter Junge!«

Ich zuckte die Achseln; ich sah nicht recht, warum er sich so aufregte. »Don, ich mußte ihm von der Kassette erzählen. Verstehst du das nicht?«

»Doch, natürlich. Aber du brauchtest ihm nicht zu erzählen, daß ich dieses Ding hergebracht habe. Du hättest einfach sagen können, daß es Melissa gehört hat.«

Ich fing an, mich über Don zu ärgern. Er konnte nur an seine eigene Haut denken, an seinen Namen als Rennfahrer. Wer aber wirklich in der Tinte saß, war ich.

»Don, ich glaube nicht, daß du dir die Situation wirklich klar machst. Ein Mädchen namens Mary Antrobus ist ermordet worden, und –«

»Ich weiß alles darüber, mein Bester. Cameron war heute nachmittag bei mir. Scheint eine scheußliche Geschichte zu sein. Der Inspektor wollte nicht viel darüber sagen. Er schien mehr an diesem Brief interessiert zu sein, den du mir vorgelesen hast.«

Beinahe hätte ich es gar nicht beachtet, aber aus meinem Unterbewußtsein kam ein Alarmsignal. Vorgelesen?

»Don, natürlich sagtest du ihm, daß du diesen Brief gesehen hast? Daß dieser Brief tatsächlich in der Kassette war?«

»Nun, alter Freund, tatsächlich habe ich diesen Brief nur von außen gesehen und nicht hineingeblickt. Du hast ihn mir nur vorgelesen.«

»Aber du weißt doch genau, was darin stand! Du kannst doch nicht einen Moment lang geglaubt haben, ich hätte alles das über Peter Antrobus hinzugedichtet!«

»Guy, versteh mich nicht falsch. Nicht im Traum ließe ich mir einfallen, deinem Wort zu mißtrauen. Aber die Sache war so, daß Inspektor Cameron mir sehr heikle Fragen stellte, die ich so wahrheitsgetreu wie möglich zu beantworten hatte. Er fragte, ob ich tatsächlich gesehen hätte, was in dem Brief geschrieben stand, und – nun, ich meine, was hätte ich da anderes sagen können, als nein? Ich versicherte ihm, hundertprozentig überzeugt zu sein, daß du genau das vorgelesen hast, was wirklich darin geschrieben stand. Doch als er mich fragte, ob du mich den Text tatsächlich hättest sehen lassen, da mußte ich zugeben, daß du dies nicht getan hast.«

»Prachtvoll!« seufzte ich bitter. »Mehr brauchte ich nicht. Noch ein paar so verständnisvolle, hilfreiche Freunde wie du, und man wird mich an den Galgen bringen – nicht nur, weil ich meine Frau, sondern auch Mary Antrobus ermordet habe!«

»Großer Gott, ist es so ernst, alter Junge?«

»Sicher ist es das! Versetz dich an meine Stelle, wenn du kannst. Ich fahre nach Elvingdale, wo ich nie zuvor gewesen bin, einzig und allein wegen der Information in Melissas Brief und auf dem Blatt Papier in meiner Schreibmaschine. Ich suche einen Mann. Statt eines Mannes finde ich einen Schuljungen namens Peter Antrobus, lerne durch einen Zufall aber auch dessen Schwester kennen, die fünfzehn oder achtzehn Stunden später in meinem knapp zwanzig Meilen entfernten Cottage ermordet wird. Und der Glückspilz, der die Leiche entdeckt, ist kein anderer als ich! Eine liebliche Situation, nicht wahr? Und übersieh bitte nicht die Tatsache, die Cameron bestimmt zur Kenntnis genommen hat: Daß ich durch die Grafschaft Kent jage, um einen Mann zu finden, der der Liebhaber meiner Frau gewesen sein soll, nachdem ich wenige Tage zuvor versichert habe, nicht im Traum würde ich mir einfallen lassen, an der Treue meiner Frau zu zweifeln!«

»Ja, ich sage, du steckst wirklich in einer Klemme, alter Freund – nicht wahr?«

Ich sah Don scharf an. Lag eine Spur von Ironie in dieser Bemerkung, oder war sein Mitgefühl echt? Sein hübsches, weichliches Gesicht verriet nichts.

Er schaute auf die Uhr. »Himmel, ich komme zu spät zu meiner Verabredung! Guy, alter Junge, entschuldige, daß ich hier hereingeplatzt bin, um eine Menge Getöse zu machen. Dieser Cameron hat mich ganz durcheinandergebracht, schätze ich. Meine Freundschaft mit Melissa –«

Das Klingeln des Telefons schnitt ihm die Rede ab, und ich bekam nie zu hören, was er über das interessante Thema ›Freundschaft mit Melissa‹ hatte sagen wollen.

»Geh ruhig an den Apparat, alter Junge«, riet er gönnerhaft. »Ich finde schon allein hinaus.«

Die Tür klickte hinter ihm zu, als ich den Hörer aufnahm. Es war Paula.

»Na so was, Guy, wie mein launiger Gatte sagen würde. Hast du für heute abend etwas vor, Herzblatt?«

Ich redete ein bißchen um die Antwort herum, weil ich herausfinden wollte, was sie im Sinn hätte. Ich erwähnte schon, daß ich Paula eigentlich recht gern mag, aber momentan war mir nicht nach Gesellschaft zumute. Sie erzählte, daß sie zur Zeit Strohwitwe sei und sich frage, ob es mir vielleicht Spaß machen würde, mit ihr zum Dinner zu gehen; Felix war, wie es schien, auf einer Geschäftsreise in Schottland. Ich wußte, daß Paulas Absicht gutgemeint war, aber ich verspürte gar keine Lust, mich dezent bedauern und bemuttern zu lassen. Das offenbarte ich ihr in sehr artigen Worten; sie schluckte es teilnahms- und verständnisvoll. Ich fragte, wie lange Felix fortbleiben würde.

»Wahrscheinlich fliegt er schon morgen zurück. Weißt du, es ist mal wieder einer seiner Genieblitze. Wahrscheinlich wird es damit enden, daß ich um mindestens einen Tausender leichter werde – so ist es fast immer.«

Ich lachte. Melissa und ich waren uns darüber einig gewesen, daß Felix von Glück sagen konnte, eine Frau von so pfundiger Loyalität wie Paula hinter sich zu haben, gar nicht zu reden von den vielen, vielen Pfunden auf ihrem Bankkonto.

»Was ist es diesmal, Paula? Eröffnet er eine Diskothek an den Ufern des Loch Ness? Oder will er auf der Insel Skye nach Uran schürfen?«

»Nein. Irgendein Schlaukopf will ihn dafür gewinnen, in Edinburgh einen Antiquitätenladen aufzumachen, speziell für amerikanische Touristen.«

»Antiquitäten? Felix?«

»Ja, bewundernswert, nicht wahr? Ich bin die einzige Antiquität, die er hat. Und selbst in diesem Fall weiß er nicht sicher, wie alt sein bestes Stück wirklich ist.«

Ich mußte herzlich lachen.

»Oh«, sagte Paula, »wie tut es mir wohl, dich so lachen zu hören, Guy. Ich habe es schon lange vermißt ... Aber paß mal auf, Herzblatt. Was meines sprunghaften Gatten neues Abenteuer betrifft – laß dich von ihm nie beschwatzen, ihm irgendwelches Geld zu leihen.«

»Paula, sei nicht witzig! Du weißt, daß ich niemandem auch nur fünfzig Pfund leihen könnte.«

»Sicher, Herzblatt. Doch wirst du es können, wenn Melissas Angelegenheiten geklärt sind. Deshalb hör auf das, was ich dir sage und leih meinem genialen Felix nicht ein einziges Pfund.«

»Wie du wünschst, Paula.«

»Guter Junge ... Nun gib aber auch acht, daß du hin und wieder eine richtige Mahlzeit bekommst. Versprichst du mir das? Ich werde dich anklingeln, wenn Felix zurück ist. Bis dahin, Guy.«

»Dank für den Anruf, Paula. Du bist eine Perle.«

Wir legten gleichzeitig auf.

Ich dachte über mein Essen nach. Ich möchte nicht mißverstanden werden; ich bin weder Prasser, noch übertriebener Feinschmecker, das Essen spielt keine wichtige Rolle für mich. Aber es wäre sinnlos gewesen, hätte ich in diesen aufwühlenden Tagen, die meine Kräfte strapazierten, aus gewohnter Gleichgültigkeit gegen das Essen meine Gesundheit vernachlässigt. Paulas Mahnung war durchaus berechtigt gewesen.

Ich überlegte, ob ich für eine gute Mahlzeit in ein Restaurant gehen oder mir daheim etwas Einfaches kochen sollte. Die Fotografien in den Zeitungen fielen mir ein. Die Möglichkeit erkannt und angeglotzt zu werden, wäre mir sehr unerwünscht gewesen. Also beschloß ich, in der Küche zu essen.

Ich wollte eben anfangen, Spaghetti abzuseihen, als die Türklingel läutete. Mit dem Sieb in der Hand ging ich zur Tür. Als ich aufmachte, sah ich mich einem untersetzten Mann mit sehr häßlichem, wutverzerrten Gesicht gegenüber.

Der Fremde knurrte: »Nimm das, du Bastard!« Gleichzeitig schwang er eine schmiedehammergroße Faust gegen mein Kinn.

Ich versuchte mich zu ducken. Aber der Schlag erwischte mich neben der Schläfe, und ich flog auf den Teppich.

8

Als ich nach Überwindung des ersten Schocks aufstehen wollte, traf mich ein Fußtritt gegen die Schulter. Ich hob den Blick – und sah einen schweren Revolver auf mich gerichtet.

»Sie Schwein!« knurrte der Fremde dumpf; er war in die Vordiele gekommen und hatte die Wohnungstür hinter sich zugemacht.

»Wer – wer sind Sie?« stammelte ich.

»Wissen Sie's nicht? Keine Ahnung – was, Mr. Foster?«

»Nein! Ich habe Sie noch nie gesehen.«

»Aber meine Tochter haben Sie oft genug gesehen – nicht wahr, Mr. Foster? Mein Name ist Antrobus, Sie dreckiger Mörder!«

Ich war, was kaum verwunderlich sein dürfte, wie vom Donner gerührt. Antrobus schien meine Sprachlosigkeit für eine Art Schuldgeständnis zu halten.

»Was haben Sie jetzt zu Ihrer Entlastung zu sagen, Mr. Foster – wie? Wer ist die nächste auf Ihrer Liste? Zuerst Ihre Frau, dann Mary –«

Ich fand meine Stimme wieder. »Wollen Sie jetzt mal still sein und mir zuhören? Ich habe nie eine Hand an Ihre Tochter gelegt, das schwöre ich bei Gott! Ich habe Ihre Tochter mein Leben lang nur zweimal gesehen, zuerst gestern vormittag in Elvingdale und dann letzte Nacht –«

»Über letzte Nacht brauchen Sie mir nichts zu erzählen!«

»Aber ich habe es nicht getan, Sie Narr!« Ich stand auf und zog mich etwas zurück. Antrobus hielt den Revolver auf mich gerichtet.

»Nennen Sie mich nicht Narr!« fauchte er. »Nur weil Sie ein feiner Schriftsteller sind und ich mein Geld durch meiner Hände Arbeit verdienen muß, haben Sie noch längst kein Recht, überheblich zu sein! Ich bin so gut wie Sie, Mr. Foster! Ich bin besser! Denn ich verführe und erdroßle keine unschuldigen jungen Mädchen!«

»Ich auch nicht!«

»Und was hatte Mary dann letzte Nacht in Ihrem Cottage zu suchen?«

»Wie, zum Teufel, soll ich das wissen? Ich habe sie nicht dorthin eingeladen!«

»Nein? Aber weshalb sind Sie dann gestern vormittag in unserem Städtchen herumgeschlichen und haben Fragen über meine Familie gestellt? Der alte Richard Stockton vom Parkplatz ist ein Freund von mir! Er hat mir alles über Sie erzählt!«

»Hören Sie zu, Mann! In Gottes Namen, hören Sie mir zu! Jemand teilte mir mit, meine Frau hätte eine Liebschaft mit einem Mann namens Peter Antrobus in Elvingdale gehabt, und ließ mich wissen, ich könnte diesen Peter Antrobus gestern vormittag in Duncans Friseurladen treffen. Der Peter Antrobus, den ich dort fand, war Ihr kleiner Sohn. Einen anderen Peter Antrobus habe ich nicht angetroffen. Und Ihre Tochter sah ich zum erstenmal in meinem Leben, als sie in Duncans Laden kam, um ihren kleinen Bruder abzuholen!«

»Eine äußerst glaubhafte Geschichte, muß ich sagen!«

»Eine äußerst unglaubhafte Geschichte! Aber zufälligerweise die Wahrheit!«

Verzweifelt durchforschte ich mein Gehirn nach irgendeiner Möglichkeit, Antrobus zu überzeugen. Er war ein Klotz von untersetztem Kerl, mit groben, schwieligen Händen und kurzen, dreckigen Fingernägeln. Ich wußte, daß ich ihm physisch nicht gewachsen war; ich konnte ihn nur durch simple Logik überzeugen.

Ich sah ihm scharf in die Augen. »Hören Sie, Mr. Antrobus! Wenn ich der Mörder Ihrer Tochter wäre – warum hätte ich dann die Polizei alarmiert? Warum wäre ich dann nicht einfach in mein Auto gesprungen und so schnell wie möglich weggefahren? Warum hätte ich dann die Handschuhe herumliegen lassen? Wie Sie wissen dürften, nimmt die Polizei an, daß die Handschuhe zur Tat benutzt wurden. Und noch eins: Warum wäre ich dann nicht über die Strandkiesel zum Cottage gegangen, wie der wirkliche Mörder es getan haben muß? Ahnungslos und unschuldig, wie ich war, habe ich den Sandpfad benutzt und dort meine Fußspuren hinterlassen! Würde ein Mann mit Mordabsichten eine so haarsträubende Dummheit begehen?«

George Antrobus ließ langsam den Revolver sinken. Ein Ausdruck mürrischer Unsicherheit erschien auf seinem Gesicht.

»Ich bin kein so schlauer Fuchs wie Sie, Foster. Ich weiß nicht, warum Sie diese Dinge taten oder nicht taten. Aber ich wette, Sie hatten einen guten Grund!«

Ich seufzte verzweifelt. »Mr. Antrobus, stecken Sie in Gottes Namen den Revolver weg und hören Sie mir zu! Wenn Sie mich bis zu Ende angehört haben, können Sie mir entweder glauben und meine Wohnung wieder verlassen, oder Sie können mir ein Loch in den Kopf schießen.«

Ich hatte seinem Revolver schon längst nicht mehr soviel Aufmerksamkeit geschenkt wie zu Anfang, war aber nun doch erleichtert, als er die Waffe nach einigem Überlegen in der Seitentasche seiner ziemlich dreckigen Jacke verschwinden ließ. Da ich es sowieso nicht weit zum Getränketischchen hatte, goß ich zwei Gläser voll Whisky. Aus der Art, wie Antrobus sein Glas leerte, war zu erkennen, daß er eine Stärkung nötig gehabt hatte.

Ich sammelte meine Gedanken und begann: »Mr. Antrobus, ich bin ziemlich sicher, daß die Polizei annimmt, Ihre Tochter ist von demselben Mann erdrosselt worden, der auch meine Frau erdrosselt hat. Insoweit bin ich derselben Meinung wie die Polizei. Ich habe irgendwo gelesen, daß die meisten Mörder bei ihrer Methode bleiben – was besagt, daß ein Mörder, der damit angefangen hat, alte Frauen zu vergiften, im allgemeinen kaum dazu übergehen wird, junge Männer zu erschlagen oder Geschäftsleute zu erstechen. Nein, er fährt fort, alte Frauen zu vergiften.«

Antrobus starrte mich düster an. »Sie sagen, Ihre Frau und meine Tochter sind erdrosselt worden?«

»Genau. Sie beide starben denselben schrecklichen Tod. Sie beide waren hübsche junge Frauen, im Alter nicht sehr weit auseinander. Altersgruppe, Geschlecht und Methode stimmen also in beiden Fällen überein. Dieser Mörder hat kein Vertrauen zu Schußwaffen, Messern oder Gift, er verläßt sich nur auf die Kraft seiner Finger. Wenn er wieder tötet, wird er – darauf können Sie wetten! – wieder seine Hände benutzen. Und das Opfer wird wieder eine hübsche junge Frau sein.«

Ich merkte, daß ich sein Interesse erweckt hatte. Er fragte: »Haben Sie das der Polizei erzählt?«

»Es wäre nicht sehr taktvoll, einem alten Spürhund wie Inspektor Cameron zu raten, wo er stöbern soll. Das weiß er bestimmt besser. Und ich bezweifle, ob er mir überhaupt zuhören würde. Denn ich muß befürchten, daß die Polizei in beiden Fällen vorläufig mich als den möglichen Hauptverdächtigen betrachtet.«

Antrobus ließ ein vieldeutiges Brummen vernehmen, sagte aber nichts.

Ich schenkte wieder Whisky ein und fuhr fort: »Mr. Antrobus, ich frage mich, ob Sie mir bei meinen Privatermittlungen helfen würden. Erstens könnten Sie mich, um Ihres eigenen Seelenfriedens willen, auf diese Art überwachen. Und zweitens würden wir beide zusammen vielleicht irgendwelche Fortschritte erzielen. Eins ist uns gemeinsam: Sie wollen herausfinden, wer Ihre Tochter erdrosselt hat, und ich will herausfinden, wer meine Frau erdrosselt hat.«

Er dachte einige Sekunden lang nach, dann fragte er: »Und was hätte ich dabei zu tun?«

»Ich möchte, daß Sie zunächst eine möglichst genaue Liste aller Freunde Ihrer Tochter aufschreiben. Insbesondere die jungen Männer. Eine ausführliche Liste – nicht nur die nahen persönlichen Freunde. Auch Leute, die sie nur flüchtig kannte oder gesprächsweise erwähnte.«

Antrobus blickte zweifelnd drein und fuhr sich mit der schwieligen Rechten durch sein dichtes Haar. »Na, ich denke, ich kann's versuchen. Aber sie hatte eine Menge Freunde, hübsch wie sie war. Und die meisten von ihnen waren Leute, über die ich nichts weiß, die ich nie gesehen habe.«

Ich versuchte einen Schuß ins Blaue. »Wissen Sie zufällig, ob sie mit einem Mann namens Don Page befreundet war?«

»Der Rennfahrer?« gab er erstaunt zurück.

»Das ist der Mann.«

Er schüttelte den Kopf. »Nein. Ich glaube, nicht. Soviel ich weiß, hat sie ihn nie getroffen. Sie hatte sein Foto mit Widmung über dem Schreibtisch in unserem Büro, und ich weiß, daß sie für ihn schwärmte. Aber sie schwärmte auch für verschiedene andere – Stirling Moss, Jim Clark, Brabham und so weiter. Ob es mit Don Page persönlicher war, kann ich wirklich nicht sagen.«

Ich überlegte dies sorgfältig. Rückte Don Page damit automatisch außer Verdacht? Oder wäre es richtiger, anzunehmen, daß George Antrobus, wie die meisten Väter heutzutage, wenig Kontakt mit seiner jungerwachsenen Tochter und kaum eine Ahnung hatte, was sie in ihrer Freizeit tat?

Ich versuchte eine andere Möglichkeit. »Erwähnte Ihre Tochter je einen Doktor Swanson? Doktor Norman Swanson aus der Wampole Street, London, einen Nervenspezialisten?«

Antrobus schüttelte den Kopf.

Ich versuchte weiter: »Oder dessen Sekretärin, Joyce Dean? Eine schlanke, gut aussehende Blondine.«

Seine Züge erhellten sich ein bißchen. »Ja, ich glaube, den Namen habe ich schon gehört. Hat sie nicht früher im Hospital von Elvingdale gearbeitet?«

»Das stimmt.«

»Ja, ich denke, Mary kannte sie. Ob sie richtig befreundet waren, weiß ich aber nicht.«

»Ich hätte da noch zwei Namen für Sie«, versuchte ich ein viertes Mal. »Paula und Felix Hepburn.«

Sein Blick blieb leer. Ich wiederholte die Namen.

»Nein«, begann er, »ich glaube nicht ... Aber warten Sie mal – Felix?«

»Ja, Felix Hepburn.«

»Hmm, von Hepburn weiß ich nichts. Aber einen Felix hat sie gekannt. Vor einer Woche oder so kam ich mal ins Büro, als sie gerade telefonierte. Sie legte dann bald auf, aber ich hörte sie noch sagen: ›Gut Felix, nehmen wir den Vierundzwanzigsten.‹ Irgend so etwas.«

»Den Vierundzwanzigsten – was?«

»Weiß nicht. Vielleicht ein Datum oder so.«

»Sie haben aber keine Ahnung, wer dieser Felix war?«

»Nein. Wie ist denn der Felix, den Sie kennen? Wovon lebt er?«

»Nun, er ist in den mittleren Jahren, ein Mann von der jovialen, nicht allzu scharfsinnigen Sorte, verheiratet, und hat ein Büro für Vermögensberatung.«

»Klingt nicht nach Marys Geschmack. Meine Mary mochte sie jung und hübsch und mit Schwung. Hm, Vermögensberatung – was hat er da zu tun? Frisiert er Steuererklärungen?«

»Nein. Er berät seine Kunden, wie sie ihr Geld anlegen sollen.«

»Wissen die das denn nicht selbst?«

»Er ist ein Fachmann in solchen Dingen.«

»Daß manche dazu Fachmänner brauchen ...« George Antrobus schüttelte den Kopf, teils zweifelnd, teils mißbilligend.

Bald danach verließ er mich. Ich sah ihm nach mit gemischten Gefühlen. Meine linke Schläfe schmerzte noch von dem Schlag, den er dort gelandet hatte. Aber völlig nutzlos war sein Besuch wohl doch nicht gewesen. Zumindest hatte ich jetzt einen Verbündeten, einen Mann, der seiner privaten Tragödie ebenso entschlossen auf den Grund kommen wollte, wie ich der meinen.

Ich wandte mich vom Fenster ab, ging in die Küche und setzte die Zubereitung meines Spaghettigerichts da fort, wo ich sie unterbrochen hatte. Dabei gab es ein leichtes Malheur mit meiner Armbanduhr. Durch irgendeine ungeschickte Bewegung, die ich machte, hakte sich das goldene Armband an einem der blöden Topflappenhalter fest, die dicht über dem Herd aus der Wand ragen. Als ich ungeduldig riß, ging es entzwei. Ein an und für sich belangloses Vorkommnis, dem ich keinen weiteren Gedanken widmete als den Entschluß, das Armband gleich am nächsten Tag reparieren zu lassen. Ohne eine Uhr an meinem linken Handgelenk fühle ich mich nicht ordentlich angezogen.

Von nun an begannen die Dinge ziemlich schnell abzulaufen.

Am folgenden Morgen störte mich das Klingeln des Telefons bei dem Versuch, an meinem Roman weiterzuarbeiten.

Es war George Antrobus. In seiner derben Art verschwendete er keine Zeit für Entschuldigungen wegen des Überfalls am vorigen Abend, sondern erzählte mir unverzüglich, er hätte eine interessante Spur gefunden, die Freundschaft seiner Tochter mit Felix Hepburn betreffend.

Er sagte: »Mein kleiner Sohn Peter stöberte heute früh auf dem Schreibtisch herum und entdeckte eine Notiz in Marys Handschrift. Ich lese sie vor: ›Felix H. und M. Neun Uhr abends, 24., dringend.‹«

Mein Herz schien einen Schlag auszusetzen. »›M‹? Sind Sie sicher, daß es ›M‹ heißt?«

»Sieht ganz so aus«.

»Steht da noch etwas? Zum Beispiel, wo die Begegnung stattfinden soll? Ich meine, anscheinend handelt es sich doch um eine Begegnung – nicht wahr?«

»Das denke ich auch. Und der Vierundzwanzigste ist heute. Heute abend neun Uhr also. Hmm, soviel ich erkennen kann, ist da noch ein Wort gekritzelt. Könnte ›Turm‹ heißen, denke ich. Und daneben ist eine Art Skizze. Kann aber auch sein, daß Mary da nur etwas gezeichnet hat, ganz in Gedanken. Jedenfalls sieht es kein bißchen wie ein Turm aus.«

»Gibt es in der Nähe von Elvingdale ein altes Schloß oder eine Ruine? Oder eine Kneipe, in deren Name das Wort ›Turm‹ vorkommt?«

»Nein, nicht daß ich wüßte. Übrigens, wie ich schon sagte – was sie da gezeichnet hat, ist kein Turm.«

»Nun, wie sieht es denn aus?« fragte ich ungeduldig.

»Tja, was soll ich sagen?« brummte er. »Wie eine Rakete, vielleicht. Oder wie ein Regenschirm. Ich weiß nicht.«

»Moment!« rief ich erregt. »Ist da nicht irgendwo in der Nähe von Elvingdale ein Denkmal! Draußen in der Carlston Heath, glaube ich. Wenn ich nicht irre, wird es ›der Turm‹ genannt. Antrobus, sieht dieses Gekritzel ein bißchen wie ein Denkmal aus?«

Nach kurzem Zögern meinte er, möglicherweise könnte ich recht haben.

Ich fragte, ob es eine Gewohnheit seiner Tochter gewesen sei, sich Notizen zu machen und dabei etwas zu zeichnen. Er sagte, ja, das sei ihre Gewohnheit gewesen; sie hatte ein schwaches Gedächtnis und notierte alles, um es nicht zu vergessen, insbesondere Telefonanrufe.

»Denken Sie denn«, fragte Antrobus, »dieser Felix ist der – äh – Vermögensberater, den Sie kennen?«

»Er muß es sein.«

»Warum fragen Sie ihn dann nicht?«

»Weil er zur Zeit in Schottland ist. Ich muß warten, bis er zurückkommt.«

»Na gut. Ich schnüffle jedenfalls weiter herum. Und wenn ich etwas finde, rufe ich Sie wieder an.«

»In Ordnung, Mr. Antrobus. Übrigens, wie ist Ihre Telefonnummer – falls ich Sie anrufen möchte?«

»Elvingdale 84«, erwiderte er und legte auf.

Ich notierte die Telefonnummer.

Dann wollte ich auf meine Armbanduhr sehen und erinnerte mich an das entzweigegangene Armband. Da ich mich ohne die Uhr wie verloren fühlte, beschloß ich, gleich nach dem Lunch auszugehen, um das Armband reparieren zu lassen.

In dem Laden in der Baker Street, den ich dann aufsuchte – die Uhr stammte von dort –, wurde mir gesagt, die Reparatur dauere mehrere Tage, denn man habe diese Art goldener Armbandglieder nicht vorrätig und müsse sie erst schicken lassen.

»Aber das ist unmöglich!« protestierte ich. »Ich kann doch nicht tagelang ohne Uhr herumlaufen!«

»Das brauchen Sie auch nicht, Sir«, antwortete die freundliche Verkäuferin. »Wir können Ihnen eine unserer Uhren leihen, die wir für solche Notfälle bereithalten.«

Zu meiner Belustigung präsentierte sie mir eine großväterliche Taschenuhr mit respekteinflößender Kette.

Ich fühlte mich wie ein neu ernannter Bürgermeister, als ich die Uhr in eine Westentasche steckte und im Wandspiegel besah, wie sich die ehrwürdige Kette auf meinem Leib ausnahm. Fast bedauerte ich, daß die kühle Witterung mich nötigte, meinen Mantel zu schließen, wodurch die prächtige ›Amtskette‹ den Augen anderer Leute verborgen blieb.

Natürlich war es für mich eine ausgemachte Sache, daß ich abends um neun beim Denkmal in der Carlston Heath zur Stelle sein würde. Aber bis zu dieser meiner selbstdiktierten ›Verabredung‹ hatte ich eine Menge Zeit totzuschlagen. Da ich wußte, daß ich nach Lage der Dinge doch nicht fähig sein würde, mich auf die Arbeit an meinem Roman zu konzentrieren, verbrachte ich die verbleibenden Stunden teils in einem kleinen Café, teils in einem Kino. Gegen halb sieben kam ich aus dem Kino und fuhr gemächlich mit meinem Auto in Richtung Süden los.

›Carlston Heath‹ ist keine irreführende Bezeichnung, wie so manche andere Ortsbenennungen, die durch den unaufhaltsamen Vormarsch der Zivilisation gegenstandslos geworden sind; die Heide existiert wirklich noch. Es ist eine einsame, beinah unheimliche Gegend, hauptsächlich aus Sumpf oder Moor bestehend, größtenteils bedeckt mit elastischen Sumpfgrasflächen und einer zähen Art Heidekraut. Die äußere Umrandung wird von den seltsam verbogenen Skeletten toter Bäume gebildet. Inmitten der Heide erhebt sich ein kleiner Hügel, sichtbar auf Meilen ringsum. Und an dieser markanten Stelle haben die patriotischen Bürger von Carlston ein recht merkwürdig geformtes Denkmal errichtet, das einer Kreuzung zwischen Weltraumrakete und mittelalterlichem Burgturm gleicht. Eine niedrige Feldsteinmauer umgibt den Sockel des Monuments. Um es zu erreichen, muß man einen schmalen Pfad benutzen, der von der Straße über die Heide führt.

Als ich die Stelle erreichte, wo dieser Pfad von der Straße abzweigt, zeigte meine großväterliche Taschenuhr halb neun. Ich hatte eine halbe Stunde zu warten. Das Denkmal hob sich noch einigermaßen erkennbar gegen den letzten Rest Helligkeit am westlichen Abendhimmel ab. Ich parkte auf der anderen Seite der Straße, nicht auf der Fahrbahn selbst, sondern bei den Hekken, die sich hier in etwa drei Schritt Abstand neben ihr erstreckten. Die Stille der Heide wurde zunächst durch nichts gestört als das feine Säuseln des Abendwindes und vereinzeltes Hundegebell in der Ferne. Nach wenigen Minuten aber verstärkte sich der Wind und brachte die Telefondrähte neben der Straße zum Singen, was mir auf die Nerven ging.

Die Minuten vergingen unglaublich langsam. Ich begann zu frieren. Ich konnte die Autoheizung nicht einschalten, ohne den Motor anzulassen, und mein Reiseplaid befand sich im Gepäckraum. Beim ersten Überlegen erschien mir das Aussteigen aus dem Wagen und das Aufschließen des Gepäckraums als ein zu aufwendiges Unternehmen. Ich hätte irgend etwas verpassen oder gar durch meine plötzlich offenbar werdende Anwesenheit jemanden verscheuchen können. Aber dann beschloß ich, es doch zu riskieren. Wenige Augenblicke später kehrte ich mit dem Plaid auf den Fahrersitz zurück und wartete weiter.

Ich schaltete das Autoradio ganz leise ein und suchte, bis ich irgendeine sanfte Musik fand; etwa zehn Minuten vor neun schaltete ich es wieder aus. Ich merkte, daß ich nervös zu werden begann.

Plötzlich wurde mir bewußt, daß es binnen kürzester Zeit völlig dunkel sein würde. Ich bedauerte, diesen Umstand nicht etwas früher berücksichtigt zu haben, ließ den Motor an und manövrierte das Auto behutsam, bis sein Kühler direkt auf das Denkmal gerichtet war. Dann stellte ich den Motor wieder ab und wartete weiter. Meine nervöse Spannung steigerte sich.

Von einem fernen Kirchturm schlug es neun; die Glockentöne hallten mit gespenstischem Echo über die dunkle Heide. So sehr ich meine Augen anstrengte – in der Umgebung des Denkmals rührte sich nichts.

Fünfzehn Minuten schlichen dahin.

Da meine Augen anfingen zu schmerzen, erinnerte ich mich des alten Tricks, nicht starr auf das Objekt zu sehen, sondern den Blick langsam von einer Seite des Objekts zur anderen wandern zu lassen. Das schien die Anstrengung zu mindern, aber irgendeine Spur von Bewegung entdeckte ich trotzdem noch nicht.

Ich setzte mir eine Frist bis halb zehn. Das heißt, ich hätte bis halb zehn gewartet, wäre nicht wenige Minuten vorher etwas passiert. Aus der Dunkelheit näherten sich zwei Gestalten. Sie kamen den Pfad entlang, der das Denkmal mit der Straße verbindet.

Mir lief ein kaltes Schaudern über den Rücken. Die Gestalten näherten sich langsam, Arm in Arm, wie es schien. Als sie noch etwa zwanzig Schritt von der Straße entfernt waren, schaltete ich meine Scheinwerfer ein.

Die verstörten Liebesleute – sie dicklich, vielleicht achtzehn Jahre alt, er lang und hager, bekleidet mit einer Busfahreruniform – ließen sich hastig los, um ihre Augen gegen das blendende Licht abzuschirmen. Ich hatte sie offenbar fürchterlich erschreckt, denn sicher ahnten sie nicht, daß da neben der einsamen Straße ein Auto stehen und sie plötzlich anleuchten könnte. Etwas beschämt schaltete ich die Scheinwerfer auf Standlicht und duckte mich so tief wie möglich in meinen Sitz.

»Gewisse Kerle kennen eben keinen Respekt vor anderer Leute Privatangelegenheiten«, sagte der Mann mit lauter Stimme, als sie vorbeigingen. Natürlich war das auf mich gemünzt.

Ich wartete, bis sie ein gutes Stück weiter waren, dann gab ich das Unternehmen auf und trat die Heimfahrt an.

Als ich am nächsten Morgen in die Zeitung sah, gellte mir Macbeths Verzweiflungsschrei in den Ohren: ›Ach, folgt mir das Verhängnis auf dem Fuß?‹

Auf Seite zwei war ein Foto von Joyce Dean mit der Unterschrift: ›Würger schlägt wieder zu! Junge Arzthelferin in der Carlston Heath überfallen!‹ In kleineren Buchstaben war hinzugefügt: ›Miss Joyce Dean, Sprechstundenhilfe bei bekanntem Arzt, knapp dem Tod entronnen.‹

Wie ein Mann in einer Trance kehrte ich aus dem Etagenflur, wo ich in die Zeitung gesehen hatte, in die Vordiele zurück und gab der Tür im Vorübergehen den gewohnten leichten Schubs mit dem Ellbogen, um sie zuzuwerfen. Aber die Tür fiel nicht zu. Inspektor Cameron hatte seinen rechten Fuß über die Schwelle gesetzt.

Höflich wie immer fragte er: »Darf ich eintreten, Sir?«

Mir stand vor Überraschung der Mund offen. Mit müder Geste winkte ich meinen unerwarteten Besucher herein.

»Ich – ich habe eben davon gelesen ... Wann ist es passiert? Ich meine, um welche Zeit genau?«

»Ist das wichtig?« fragte Cameron aufmerksam.

»Für mich, ja. Äußerst wichtig.«

»Warum, Sir?«

»Weil ...« Ich zögerte. War es angebracht, meinen Nacken hinzuhalten? Ich beschloß, um Zeit zu spielen.

»Ist sie ernstlich verletzt?« fragte ich.

»Miss Dean? Nun, sie hat einen schweren Schock erlitten. Der Angreifer versuchte sie zu erdrosseln. Glücklicherweise stolperte er bei dem Handgemenge, und sie konnte flüchten.«

»Was, zum Kuckuck, tat sie abends in der Carlston Heath? Ein schauerlicher Fleck Erde!«

»Finden Sie, Mr. Foster?«

Ich tat, als hätte ich den Anflug von Ironie in Camerons Stimme nicht bemerkt. Ich war noch nicht sicher, wie ich diese Sache weiterspielen sollte.

Der Inspektor fuhr fort: »Wir wissen noch nicht, warum Miss Dean in der Carlston Heath war. Sie ist noch nicht weit genug erholt, um alles zu erzählen. Doktor Swanson kann kein Licht in die Angelegenheit bringen. Er war der Meinung, sie hätte eine Theaterverabredung mit ihrem Freund.«

»Wo ist sie jetzt?«

»Zur Zeit wohl noch in einem kleinen Hospital bei Carlston. Aber soviel ich weiß, will man sie im Lauf des Vormittags nach London bringen.«

Ort dieser Unterhaltung war noch immer meine Vordiele. Freundlich, aber auch bestimmt fragte der Inspektor nun: »Meinen Sie nicht, wir sollten lieber ins Wohnzimmer gehen, Mr. Foster?«

Ich murmelte eine Entschuldigung und machte die entsprechenden Handbewegungen in Richtung Wohnzimmer. Als wir uns an meinem Schreibtisch gegenübersaßen, stand mein Entschluß fest: Wie belastend die Wahrheit auf den ersten Blick auch aussehen mochte – jeder Versuch einer Vertuschung konnte ins Verderben führen.

Also sagte ich: »Inspektor, ich bin gestern abend zur Carlston Heath gefahren.«

»Das weiß ich«, gab er gleichmütig zurück.

»Wie, zum Teufel –?«

»Sehr einfach. Ein Liebespaar, das sich in der Nähe des Denkmals aufgehalten hatte, besaß Verstand genug, sich zu melden, als es von dem Mordversuch hörte. Dadurch erhielten wir einige nützliche Informationen. Der junge Mann, Fahrer bei einer örtlichen Busgesellschaft, gab uns eine genaue Beschreibung des Autos, das gegenüber der Einmündung des Heidepfades geparkt stand.«

Ich nickte: »Daran hätte ich denken sollen!« Hastig fügte ich hinzu: »Nicht, daß ich etwas zu verbergen habe.«

»Das freut mich zu hören, Mr. Foster. Vielleicht erzählen Sie mir nun, was Sie veranlaßte, gestern abend zu dieser einsamen Stelle zu fahren?«

Ich erzählte ihm alles, angefangen von George Antrobus' Angriff auf mich, und er hörte geduldig zu. Als ich schwieg, bemerkte er: »Mr. Foster, Sie scheinen, weiß Gott, eine außergewöhnliche Pechsträhne zu haben.«

Es war mir unmöglich, an seinem Ton zu erkennen, ob er dies sarkastisch oder teilnahmsvoll meinte.

»Natürlich nehme ich nicht an, daß Sie mir von alledem auch nur ein Wort glauben«, fuhr ich auf. »Aber ich könnte es Ihnen ganz leicht beweisen!«

»Ich bin erfreut, dies zu hören, Mr. Foster. Wie denn?«

»Es mag verrückt klingen. Aber wenn Sie jetzt mit mir nach Elvingdale fahren würden, Inspektor, könnten wir mit George Antrobus sprechen, und er wird alles bestätigen. Er wird uns sogar die Notiz zeigen, die seine Tochter gemacht hat.«

Zu meiner großen Überraschung stand er auf und langte lächelnd nach seinem Hut.

»Fein, Mr. Foster. Fahren wir. Nur bin ich nicht ganz sicher, wie sich Elvingdale zu Ihrem Pyjama und Hausmantel stellen würde.«

Unterwegs konzentrierte ich mich auf das Fahren. Der Inspektor schien seinerseits völlig in die Betrachtung der lieblichen Landschaft von Kent versunken zu sein. Ich glaube, es gab drei kurze Konversationsphasen zwischen uns: Daß es ein schöner Tag sei, daß wir einen zeitigen Frühling hätten, daß uns aber immer noch eine scharfe Wetteränderung überraschen könnte.

Als wir durch Elvingdale rollten, erhaschte ich einen Blick auf Duncans Friseurladen, aber keinen Schimmer von Richard Stockton, dem Parkplatzwächter. Bald kam die Antrobus-Tankstelle in Sicht.

Zu meiner Verwunderung bat mich der Inspektor, etwa dreißig Meter vor der Tankstelle zu halten. Er selbst stieg aus und stellte sich neben das Auto; mir aber winkte er, hinter dem Lenkrad zu bleiben. Erstaunt tat ich, was er wünschte.

An der Tankstelle wurde ein Motorrad von einem mageren weißhaarigen Werkstattmechaniker mit Benzin versorgt. Von George Antrobus oder Klein-Peter zeigte sich nichts. Ich hielt meinen Blick auf die Bürotür gerichtet und erwartete jeden Moment, George Antrobus' untersetzte Gestalt herauskommen zu sehen.

Das Motorrad knatterte von dannen. Der alte Mechaniker wandte uns den Kopf zu. Da er anzunehmen schien, daß wir dezent auf Abfertigung gewartet hätten, gab er uns schließlich ein Winkzeichen, nun hereinzukommen.

Inspektor Cameron rührte sich nicht.

Ich sagte: »Der alte Bursche da drüben möchte wohl, daß wir hineinfahren. Worauf warten wir?«

Cameron blickte durch das offene Wagenfenster zu mir hinab; seine Augenbrauen waren überrascht gehoben.

»Der alte Bursche da drüben, Mr. Foster?«

»Ja, der dürre Greis in den ausgeblichenen Overalls.«

»Wollen Sie mir einreden, daß Sie nicht wissen, wer das ist, Mr. Foster?«

»Ich habe keine Ahnung, Inspektor. Sollte ich ihn kennen?«

»Das sollten Sie in der Tat, Sir. Er ist George Antrobus. Der einzige George Antrobus, wie ich hinzufügen möchte.«

9

Ich dachte, Cameron wäre verrückt geworden.

»Seien Sie nicht absurd!« schnappte ich. »Antrobus ist ein untersetzter, schwarzhaariger Klotz von Mann! Diese wandelnde Vogelscheuche dort drüben muß über siebzig sein!«

Der Inspektor schüttelte den Kopf. »Etwas über sechzig ist er. Sein Haar täuscht. Man erzählt, seit dem Tod seiner Tochter sei er noch weißer geworden ... Wenn Sie nun so nett sein wollen, Mr. Foster, zu tun, was ich sage, glaube ich, daß ich Sie binnen weniger Minuten über verschiedene Dinge beruhigen kann. Würden Sie bitte an der Tankstelle vorbeifahren, etwa fünfzig Meter weiter, und dort auf mich warten? Es wird nicht lange dauern.«

Verdutzt, wie ich war, konnte ich nur nicken und Cameron nachstarren, als er nun zu dem weißhaarigen Mann ging, der noch bei den Zapfsäulen stand. Dann erinnerte ich mich, was er mir aufgetragen hatte, und brachte das Auto in langsame Fahrt. Als ich an der Tankstelle vorüberrollte, hörte ich die beiden Männer Begrüßungsworte wechseln.

»Guten Morgen, Mr. Antrobus.«

»Ah, dachte mir schon, daß Sie es sind, Inspektor. Konnte es ohne Brille nicht recht erkennen. Guten Morgen. Bringen Sie etwas Neues?«

Dann kam ich außer Hörweite.

Nach etwa fünfzig Metern stoppte ich und wartete. Zuerst wollte ich mich bemühen, meine Gedanken zu sammeln und ein bißchen zu ordnen, aber das Durcheinander war zuviel für mich; ich steckte den Versuch wieder auf. Es ergab keinen Sinn und würde niemals einen Sinn ergeben, ganz gleich, was für eine scharfsinnige Erklärung Cameron für alles haben mochte.

Etwas mehr als fünf Minuten vergingen, ehe ich den Inspektor aus Antrobus' Büro treten sah. Nachdem er dem alten Mann die Hand gedrückt hatte, kam er gemächlich zu meinem Auto und nahm auf dem Sitz neben mir Platz.

»Lassen Sie uns hier noch ein paar Minuten stehenbleiben, falls es Ihnen nichts ausmacht«, sagte er. »Ich habe eben mit dem Yard telefoniert, Mr. Foster. Und es freut mich, Ihnen berichten zu können, daß Miss Dean sich von ihrem Schock überraschend schnell erholt hat, wirklich überraschend schnell.«

»Das ist gut, auf jeden Fall.«

»Ich dachte mir gleich, daß Sie froh sein würden, diese Neuigkeit zu hören.«

Wir wechselten einen Blick. Wie fast immer, vermochte ich an seinem Ton nicht zu erkennen, ob er es sarkastisch oder teilnahmsvoll meinte.

Er fuhr fort: »Sagen Sie, Mr. Foster, was hatten Sie an, als Sie gestern abend zur Carlston Heath fuhren?«

Nach kurzem Überlegen machte ich die gewünschten Angaben.

»Ihr Mantel«, fragte er, »war es einer der üblichen kurzen Automäntel, Mr. Foster?«

»Ja, aber aus Wildleder, nicht aus Stoff.«

»Hmm«, machte Cameron, dann sah er auf seine Uhr. »Verwünscht, das Ding ist wieder stehengeblieben. Wie spät haben Sie es, Mr. Foster?«

Ich hob instinktiv mein linkes Handgelenk, bemerkte den Irrtum und holte die geliehene Großvateruhr aus der Westentasche. »Zehn Minuten nach zwölf«, verkündete ich.

Cameron schielte ironisch auf die Taschenuhr. »Ich erinnere mich nicht, dieses ehrwürdige Prachtstück schon bei Ihnen gesehen zu haben, Mr. Foster. Sie tragen doch sonst eine goldene Uhr mit Gliederarmband?«

»Oh, Sie beobachten genau, Inspektor. Ja, ich trage sonst eine goldene Armbanduhr. Aber vorgestern abend ging das Armband entzwei, so daß ich dieses Monstrum mit mir herumschleppen muß, bis meine Uhr repariert ist.«

»Wo lassen Sie sie reparieren, Sir?«

»In dem Laden in der Baker Street, wo sie gekauft wurde – im Moment fällt mir der Name nicht ein. Aber warten Sie, ich habe eine Reparaturquittung in der Brieftasche.«

Ich holte die Quittung aus der Brieftasche und gab sie ihm; er studierte sie sorgfältig.

Schließlich sagte er: »Sie trägt das gestrige Datum.«

»Ja, natürlich. Gestern nach dem Lunch habe ich die Uhr dort abgegeben.«

»Gestern abend, auf der Fahrt zur Carlston Heath, trugen Sie Ihre Armbanduhr also nicht?«

»Wie sollte ich? Ich sagte doch, daß ich sie nachmittags in dem Laden ließ. Die Reparatur dauert einige Tage.«

»Ja, ich verstehe. Ich danke Ihnen. Und nun, Mr. Foster, möchte ich alles über Ihren seltsamen Besucher von vorgestern abend hören. Gewiß, Sie haben mir Ihre Geschichte heute früh schon einmal erzählt. Aber da standen Sie noch unter dem Eindruck, Ihr Besucher wäre George Antrobus gewesen. Ich denke, daß Sie die Dinge jetzt in einem anderen Licht sehen, daß sich die Farben und Konturen des Bildes ein wenig verschoben haben.«

Ich holte tief Atem, um zu beginnen, aber Cameron warf unerwartet ein: »Etwa eine Meile von hier entfernt, steht an dieser Landstraße ein sehr nettes Gasthaus. Ich weiß nicht, was Sie dazu meinen, Sir. Aber ich könnte ein Bier und ein Sandwich gebrauchen. Wenn Sie nichts dagegen haben, unterhalten wir uns dort weiter.«

Ich hatte durchaus nichts dagegen.

Cameron hatte recht, es war wirklich ein sehr nettes Gasthaus. In der Tat fühlte ich mich, nachdem ich mein Sandwich verspeist und meinen Krug Ale geleert hatte, wie ein neuer Mann. Camerons Worte trugen mehr dazu bei, als ich erwartet hatte.

»Es ist leicht zu sehen, Mr. Foster«, sagte er, »wie es diesem Gauner gelang, Sie irrezuführen. Er scheint die ideale Besetzung für diese Rolle gewesen zu sein.«

»Und ob!« bestätigte ich. »Hätte er wie ein Bankdirektor ausgesehen, dann wäre ich argwöhnisch geworden. Aber er war ein untersetzter, breitschultriger Kerl mit Dreck unter den kurzen Fingernägeln und Fetträndern an seinen Jackentaschen. Und er zeigte sich erstaunlich gut informiert. Zum Beispiel wußte er von Don Pages Foto neben dem Büroschreibtisch und von dem alten Parkplatzwächter in Elvingdale –«

»Richard Stockton, ja. Eine schlaue Nuance, aber bei näherem Hinsehen gar nicht so schwierig.«

»Er hatte auch von Joyce Dean gehört«, fügte ich hinzu.

»Gewiß, er war sehr gut vorbereitet. Sagen Sie, Mr. Foster, war der Revolver, den er auf Sie richtete, geladen?«

»Dies herauszufinden, wollte ich nicht riskieren.«

Der Inspektor lächelte. »Jedenfalls nehme ich an, Sie würden den Mann erkennen, wenn Sie ihn wiedersehen?«

»Aus dem vollbesetzten Wembleystadion könnte ich ihn herauspicken!«

»Hoffen wir, daß es so umständlich nicht wird. Ich, für mein Teil, hatte natürlich den echten George Antrobus im Zusammenhang mit unseren Ermittlungen über die Ermordung seiner Tochter bereits getroffen, und wußte daher, daß etwas faul war, als Sie mir heute früh von dem untersetzten, schwarzhaarigen Kerl erzählten. Aber ich verriet Ihnen nicht, daß man Sie begaunert hatte, weil ich sehr gespannt auf Ihre Reaktion war, wenn Sie den echten Antrobus sehen würden.«

»Sie dürften innerlich ganz schön gelacht haben«, murmelte ich verdrossen.

»Zugegeben, ja. Bitte, Mr. Foster, sagen Sie mir noch einmal genau, was in der Notiz gestanden haben soll, von der unser falscher Antrobus Ihnen am Telefon berichtete?«

Ich dachte einen Moment lang nach und erwiderte: »Felix H. und M. Neun Uhr abends. 24., dringend.«

»Sie nahmen an, mit ›Felix H.‹ sei Ihr Freund Mr. Felix Hepburn gemeint?«

»Ja.«

»Und ›M‹?«

Ich antwortete nicht.

Sehr behutsam erkundigte sich der Inspektor: »Sie dachten, ›M‹ müsse Melissa sein?«

»Ich weiß, daß es absurd ist. Aber ich fürchte, ich dachte so.«

»Das ist genau das, was Sie denken sollten, Sir.« Der Inspektor räusperte sich. »Mr. Foster, Ihre Frau ist tot. Erlauben Sie Ihrem Verstand und Ihren Gefühlen nicht, daran noch zu zweifeln. Die Leiche wurde nicht nur von Ihnen, sondern auch von mehreren verläßlichen Personen identifiziert, die Melissa gut kannten. Mrs. Foster ist tot. Darüber besteht kein Zweifel.«

Natürlich redete er absolut vernünftig. Ich hatte mich in einem Meer von Illusionen verloren, und jetzt war es höchste Zeit, die Wirklichkeit wieder in den Griff zu bekommen.

Als ich etwas von der Kette mysteriöser Vorfälle murmelte, die mich verfolgt hatten – das Ertönen von ›Melissas Melodie‹ in der leeren Wohnung, Melissas Stimme am Telefon, ihr Taschentuch auf dem Teppich bei den Fenstervorhängen –, unterbrach Cameron mich mit rücksichtsvoller Festigkeit.

»Ihre Frau ist tot, Mr. Foster. Wenn Sie sich mit dieser Tatsache abfinden, werden Sie bald beginnen, Kraft zu sammeln für das, was Ihnen bevorsteht.«

»Inspektor«, entgegnete ich schroff, »glauben Sie etwa, ich werde verrückt?«

»Nein, Sir, das glaube ich ganz entschieden nicht. Aber es scheint, als wollten gewisse Leute mich genau dies glauben machen.«

Ich sah auf, und unsere Blicke begegneten sich. In Camerons Augen war nichts mehr von Mißtrauen oder Argwohn. Selbst seine Stimme klang jetzt freundlich. Nun schien mir der Moment gekommen, daß ich es wagen könnte, einige heikle Fragen zu stellen.

»Inspektor, denken Sie, daß ich es war, der gestern abend versucht hat, Joyce Dean zu erdrosseln?«

»Nein, Sir, das denke ich nicht.«

Ich seufzte erleichtert. »Wieso sind Sie dessen sicher?«

»Aus mehreren Gründen. Zum Beispiel hat sich Miss Dean unglaubliche Mühe gegeben, ihren Angreifer genau zu beschreiben. Dabei gab sie verschiedene Einzelheiten an, die den Verdacht in Ihre Richtung lenkten, Sir, wie etwa der kurze Wildledermantel und andere Details Ihrer Kleidung. Aber zum Pech für Miss Dean und zum Glück für Sie, Sir – unsere hübsche junge Lady ist über Ihre Uhr gestolpert.«

»Über meine Uhr?« Unwillkürlich holte ich die ehrwürdige Taschenuhr heraus.

»Nicht diese, Mr. Foster. Miss Dean besteht darauf, daß der Mann, der sie zu erdrosseln versuchte, eine Armbanduhr mit metallenem Gliederarmband trug. Sie schwört, daß sie es ganz deutlich fühlte, als seine Hände sich um ihren Hals schlossen.«

Ich brauchte einige Sekunden, um die Wichtigkeit dieser Offenbarung in ihrer ganzen Tragweite zu begreifen. Dann begann ich freier zu atmen. Zum ersten Male in diesem entsetzlichen Alptraum war ein Versuch, falschen Verdacht auf mich zu lenken, gescheitert.

Ermutigt fragte ich: »Und wie ist es mit Mary Antrobus, Inspektor? Glauben Sie, daß ich sie ermordet habe?«

»Ich habe noch keinen Beweis für Ihre Unschuld, Mr. Foster. Aber ich bin nicht überzeugt von Ihrer Schuld.«

Diese Formulierung war, wie mir allerdings erst später bewußt wurde, ein wahres Juwel an Rabulistik.

»Und meine Frau? Glauben Sie, daß ich Melissa getötet habe?«

Ohne das geringste Zögern antwortete er: »Nein, Mr. Foster, ich glaube es nicht.«

Endlich ein klares Wort! Ich fühlte vieles von dem Druck schwinden, der seit jenem unseligen Abend auf mir lastete.

»Ich danke Ihnen«, sagte ich erleichtert. »Was hat Sie überzeugt?«

»Neben manchen Einzelheiten geringeren Grades war es etwas, das Sie mir erzählt haben.«

»Etwas, das ich erzählt habe? Was denn, um alles in der Welt?«

»Nun, Sie erwähnten, daß Ihre Frau viele Hüte zu kaufen pflegte, aber nur selten einen davon trug.«

Ich starrte ihn begriffsstutzig an. »Und dies überzeugte Sie, daß ich meine Frau nicht getötet habe, Inspektor?«

Cameron gab dem Kellner ein Zeichen, daß er zu zahlen wünsche. Der Kellner kam, kassierte und kehrte hinter die Bar zurück. Cameron stand auf und sagte zu mir: »Ja, Sir, das überzeugte mich. Gehen wir?«

Er ließ sich von mir nur bis nach Elvingdale mitnehmen, einen Weg von fünf Minuten. Von dort bis nach London war ich mit mir allein. Was Cameron noch in Elvingdale wollen mochte, wußte ich nicht, doch konnte ich mir vorstellen, daß es etwas mit Joyce Dean zu tun hatte. Das Mädchen hatte früher im Hospital von Elvingdale gearbeitet, und ihre Mutter lebte noch dort; Cameron würde also allerlei finden, worin er sich verbeißen konnte.

Während der ganzen Heimfahrt beschäftigten sich meine Gedanken hauptsächlich mit Joyce Dean. Von all den nebelhaften Personen, die Verdacht auf mich zu lenken versuchten, war sie die einzige, die ich nun wirklich benennen konnte. Freilich argwöhnte ich, daß Dr. Swanson ihr Komplice oder gar derjenige wäre, der die Befehle gab, aber bis jetzt hatte er noch keinen falschen Schritt getan. Die elegante Miss Dean hingegen war auf brüchiges Eis geraten mit ihrer nichtswürdigen Behauptung, ich hätte sie umbringen wollen.

Natürlich war sie nicht mein einziger Feind; ich schien eine ganze Menge Schurken gegen mich zu haben und einen von ihnen hatte ich auch schon persönlich getroffen – den untersetzten George-Antrobus-Darsteller. Doch wußte ich nicht, wie er hieß und wo er wohnte, während ich Miss Dean immerhin mit ihrem richtigen Namen kannte. Ich beschloß, sie zur Rede zu stellen, sobald ich von Inspektor Cameron einen Wink bekäme, wo sie privat zu finden war; von einer Konfrontation in Dr. Swansons Praxis hätte ich mir nicht viel versprochen.

Soviel über den aggressiven Teil meiner Pläne.

Daneben beschäftigte ich mich mit der beruhigenden Tatsache, daß ich nun beinahe rehabilitiert war. Meine Schuldlosigkeit bedurfte zwar noch der amtlichen Bestätigung, und zweifellos würden nach Meinung der Presse, der Öffentlichkeit und mancher sogenannter guter Freunde noch Wolken des Verdachtes über mir schweben wie der unheilverkündende Rauchpilz einer Atombombe. Aber Cameron war von meiner Schuldlosigkeit überzeugt. Und auf Camerons Meinung kam es an.

Wieder in meiner Wohnung, fühlte ich mich so glücklich vor Erleichterung, daß ich versuchte, die Hepburns anzurufen, um ihnen die gute Neuigkeit mitzuteilen. Felix mochte vielleicht noch nicht aus Schottland zurück sein, doch hoffte ich Paula zu erreichen. Im Lauf einer Viertelstunde wählte ich die Nummer dreimal, ohne daß jemand sich meldete. Es war an manchen

Tagen verhältnismäßig schwierig, Paula daheim anzutreffen. Sie hatte zwar keinen Beruf, aber sie widmete sich vielfältigen karitativen Arbeiten und opferte, abgesehen von Geld, eine Menge Zeit dafür.

Da ich Mrs. Hepburn telefonisch nicht erreichen konnte, aber das Bedürfnis hatte, mit jemandem zu sprechen, rief ich nacheinander einige gute Bekannte in der Fleet Street an und beschloß zwischendurch sogar, später auch Don Pages Nummer zu wählen – allerdings nicht, um mit Don über die hoffnungsvolle Wende in meinem persönlichen Geschick zu schwatzen.

Ehe ich diese Absicht wahrmachen konnte, erreichte mich ein kurzer Anruf von Cameron. Der Inspektor wollte wissen, ob ich gegen sechs Uhr daheim wäre. Ich sagte, ja, und er versprach, dann zu mir zu kommen, falls es mir angenehm wäre. Ich entgegnete, es würde mir sehr angenehm sein. Er quittierte dies mit einem: »Schön, dann also gegen sechs«, und legte auf. Anschließend wählte ich Dons Nummer.

»Oh, hallo, alter Junge«, antwortete Dons Stimme – ein bißchen zerstreut, wie ich fand. »Gut, daß du anrufst. Ich habe eine merkwürdige Tatsache über Melissa erfahren, und ich meine, daß du unbedingt informiert werden solltest. Es handelt sich um ihr Geld. Ich wollte dich gerade anklingeln.«

»Stammt diese Neuigkeit aus verläßlicher Quelle, Don?«

»Über jeden Zweifel erhaben, Squire. Inspektor Cameron persönlich.«

»Oh! War er bei dir?«

Don ächzte; es klang irgendwie erbittert. »Nein, bei mir war er nicht. Aber wo ich heute hinkam, war er auch. Der agilste Bursche, den ich kenne. Zuerst begegnete ich ihm heute mittag beim Elvingdale-Hospital. Ich –«

»Du warst in Elvingdale, Don? Wie seltsam?«

»Wieso seltsam? Ich war nicht im Hospital, Squire. Ich fuhr dort nur vorbei. Zufällig ging er im selben Moment hinein. Das war alles.«

»Was führte dich denn in das Städtchen?« fragte ich vorsichtig.

»Nun weißt du – die Fotografie, von der du sagtest, Mary Antrobus hätte sie neben ihrem Schreibtisch an der Wand gehabt. Ganz ehrlich – das machte mir Sorgen. Ich meine, jemand in meiner Position, den Augen der Öffentlichkeit ausgesetzt und alles das, ständig genötigt, signierte Fotos an seine Fans zu verschicken, die er gar nicht kennt – nun, in kurzen Worten gesagt, es war schon lange meine heimliche Furcht, eines Tages könnte irgendwer Mißbrauch damit treiben. Zum Beispiel meine Unterschrift fälschen, für einen Scheck, für einen Vertrag, für irgendein Dokument oder einen kompromittierenden Brief, irgend so etwas.«

»Ja, ich verstehe. In diesem Licht hatte ich es noch gar nicht gesehen.«

»Squire, du kennst noch nicht die Hälfte der Geschichte!« fuhr Don ungeduldig fort. »Stell dir vor – das Foto war nicht da! Ich traf den alten George Antrobus – ein anständiger Kerl, wie ich meine –, und er erzählte mir, ein Beamter hätte das Foto wegen irgendwelcher Nachprüfungen mitgenommen. Dreimal darfst du raten, wer der Beamte war.«

»Inspektor Cameron?«

»Meine Hochachtung, Squire! Aber sag mal – ist das nicht zum Verrücktwerden? Wegen eines Exemplars dieses tausendmal und öfter in allen Erdteilen verbreiteten Fotos fängt die Polizei womöglich an zu denken, ich hätte irgendwie mit Mary Antrobus zu tun gehabt! Natürlich stellte ich Inspektor Cameron heute nachmittag deswegen zur Rede –«

»Ach, du warst bei ihm im Scotland Yard?«

Don ächzte abermals, und jetzt klang es so eindeutig erbittert, daß ich den Eindruck bekam, seine Nerven seien sehr strapaziert. »Squire, ich wünschte, du würdest mich nicht immerzu unterbrechen! Nein, ich war nicht im Scotland Yard. Ich traf ihn zufällig bei Doktor Swanson.«

»In der Wimpole Street?«

»Wo denn sonst? Was Cameron dort wollte, weiß ich nicht – vielleicht mit Swanson über dich und Melissa sprechen. Ich jedenfalls war für meine vierteljährliche Routineuntersuchung zu Swanson bestellt.«

»Nanu? Ich dachte, du wärst schon längst nicht mehr in seiner Behandlung, Don?«

»Oh, ich bin fit genug! Aber meines Erachtens zahlt es sich aus, fit zu bleiben. Swanson gibt mir viermal im Jahr eine gründliche Überholung.«

»Auswechslung abgenutzter Teile?« scherzte ich. »Ja, wenn das so einfach wäre, wie?«

Er lachte etwas gezwungen.

»Nun höre«, sagte er. »Um auf das zurückzukommen, wovon ich dir anfangs zu erzählen versuchte – Melissas Geld. Du und ich, wir waren doch der Meinung, sie hätte dieses Sümmchen durch erfolgreiches Wetten und Spielen zusammengebracht – nicht wahr?«

»Das war es, was du mir erzähltest, Don«, erinnerte ich ihn.

»Na ja, genaugenommen erzählte ich es, da hast du recht. Aber jetzt hat Cameron eine Nadel in diese schöne Theorie gepiekt! Er weiß noch nicht, wie sie all diese Pfunde zusammengerafft hat, doch scheint es endgültig ausgeschlossen, daß sie sie durch Wetten oder Glücksspiel gewonnen hat.«

»Wie, um alles in der Welt, kann Cameron das denn wissen?« rief ich, plötzlich von neuem Unbehagen durchrieselt. Was für peinliche Überraschungen mochten noch aus Melissas Pandorabüchse flattern?

»Anscheinend hat er eine ganze Meute Spürhunde an der Arbeit, seit Melissa starb. Sie haben sämtliche Rennbahnen, Kasinos, Spielsalons, Nachtclubs und Buchmacherläden durchgekämmt, wahrscheinlich dabei überall Melissas Foto vorgezeigt und sich erkundigt, ob diese Lady eine bekannte Spielerin wäre. Aber niemand aus all diesen Metiers hat sie je gesehen! Ich meine, das ist seltsam – findest du nicht? Sie war eine so auffallend hübsche Frau, daß sie den Leuten in Erinnerung geblieben sein müßte – nicht wahr?«

»Das sollte man annehmen. Insbesondere, da sie so viel gewann.«

»Die Preisfrage ist nun: Woher hatte sie all das Geld? Und – es war Geld! Ich erinnere mich da einer Gelegenheit, als sie zu mir kam und siebzehnhundert Pfund bei sich hatte, alles in Fünf- und Zehnpfundnoten. Siebzehnhundert, eine ganz schöne Summe! Sie erzählte, sie hätte es beim Rennen gewonnen. Mir kam nie in den Sinn, daran zu zweifeln. Tja, und als ich diese Sache heute nachmittag vor dem Inspektor erwähnte, schien er sehr für eine ganz unwichtige Einzelheit interessiert – ich jedenfalls halte sie für völlig bedeutungslos. Er wollte wissen, wie Melissa solche Mengen Banknoten mit sich herumtrug!«

»Hör mal, Don, diese ganz unwichtige Einzelheit interessiert auch mich. Wie löste sie das Problem?«

Don kicherte. »Es war typisch Melissa! Ein Gemengsel aus geistreicher Laune und Praktischem, dazu ein Hauch Ungewöhnliches. Sie versuchte nicht etwa, das Zeug in eine normale Handtasche zu stopfen. Sie benutzte eine Hutschachtel!«

»Eine Hutschachtel?«

»Ja. Ziemlich ausgefallene Idee, wenn man es genau überlegt. Aber – he, he, he, sieh mal auf die Uhr! Verdammt, ich bin mit einer hinreißenden Blondine verabredet, Squire, und muß fahren wie der Teufel! Bis bald mal wieder! Cheerio!«

Ich legte auf und setzte mich an meinen Schreibtisch, um gründlich über das eben Gehörte nachzudenken. Ich versuchte mir gewisse Szenen aus den drei Jahren meines Lebens mit Melissa ins Gedächtnis zu rufen – nämlich alle die Male, da ich sie mit einer Hutschachtel gesehen hatte. Dieser Gelegenheiten waren so viele gewesen, daß ich sie im einzelnen nicht auseinanderhalten konnte. Doch dann überlegte ich, wann ich tatsächlich gesehen hatte, wie sie eine Hutschachtel öffnete und einen Hut herausnahm? Nicht sehr häufig, soweit ich mich erinnerte. Um der Wahrheit willen mußte ich mir allerdings eingestehen, daß ich solchen Vorgängen niemals viel Aufmerksamkeit geschenkt hatte.

Dons Besuch in Elvingdale kam mir ziemlich seltsam vor. War es wirklich das Fan-Foto im Antrobus-Büro, das ihn dorthin getrieben hatte? Ein dürftiger Vorwand! Mochte seine Visite nicht eher mit Joyce Dean etwas zu tun gehabt haben? Ich fand es merkwürdig, daß er – trotz der groß aufgemachten Zeitungsmeldung über den Mordversuch – vermieden hatte, bei dem Gespräch mit mir ihren Namen zu erwähnen. Und renommierte er nicht oft genug damit, daß er in jeder Grafschaft Englands eine süße Freundin hätte? Mochten es in der Grafschaft Kent nicht deren zwei gewesen sein – Joyce Dean und Mary Antrobus?

Seine unverhoffte Begegnung mit Inspektor Cameron bei Dr. Swanson, so kurz nach seiner Rückkehr aus Elvingdale, hatte ihn offenbar durchgeschüttelt. Komisch übrigens, daß er wegen seiner Nerven noch bei Dr. Swanson in Behandlung war. Nach allem, was ich während der letzten zwölf Monate von ihm gesehen und gehört hatte, schien es kaum möglich, daß mit seinen Nerven irgend etwas nicht stimmen sollte. Wenigstens nicht, bis Melissa starb. Seitdem wirkte er allerdings recht nervös.

Ich zuckte zusammen, als die Türklingel läutete.

Für Inspektor Cameron war es zu früh. Bei einem zweiten Blick auf die Uhr wurde mir klar, warum ich mich so erschrokken hatte. Genau um dieselbe Zeit war vor zwei Tagen der fragwürdige Gentleman, der sich als George Antrobus ausgab, in mein Leben hineingeplatzt.

Dieses Mal machte ich die Tür mit größter Vorsicht auf und kam mir dann prompt wie ein Narr vor, als ich sah, daß Paula draußen stand. Um so mehr, als ich sah, daß sie verstört und den Tränen nahe war.

»Mein Gott, Paula! Was ist denn passiert?«

»Ach, Guy, Herzblatt, ich – ich – beinahe wäre ich überfahren worden.«

»Um Gottes willen, komm schnell herein.«

Sie war blaß und zitterte. Ich führte sie zur Couch und bestand darauf, daß sie sich hinlegte. Ihr Haar war wirr, einer ihrer Nylonstrümpfe zerrissen, der Saum ihres Kostümrocks schmutzig. Ich merkte, wie sehr sie sich bemühte, die Tränen zurückzuhalten. Gegen ihren Willen flößte ich ihr ein Glas Kognak ein. Aber einen Arzt anzutelefonieren erlaubte sie mir nicht. Sie beteuerte, es wäre nichts, gar nichts, und in einer Minute würde sie wieder ganz in Ordnung sein. Als sie sich etwas erholt hatte, ließ ich mir erzählen, was passiert war.

»Ach, wirklich passiert ist gar nicht so viel. Das macht es irgendwie lächerlich. Ich denke, es war mehr der Schock und meine Empfindlichkeit.«

»Trotzdem erzähl mir davon.«

»Nun ja, ich kam von einer Besprechung im Wohlfahrtsverein und parkte beim Shepherd's Market, um ein paar Einkäufe zu machen. Ich wollte den Fahrdamm überqueren, als aus einer Nebenstraße ein Auto auftauchte und direkt auf mich losfuhr, sehr schnell. Ich sah es erst im letzten Moment, machte einen wilden Sprung zum Gehsteig, stieß dabei gegen ein abgestelltes Fahrrad und fiel dann längelang über dieses unselige Ding. Es dürfte die lächerlichste Demonstration weiblicher Ungeschicklichkeit gewesen sein, die man seit Jahren am Shepherd's Market gesehen hat.«

»Was sagte der Autofahrer zu dem Vorfall?«

»Das weiß ich nicht, Guy. Er hielt nicht an.«

»Aber du hast dir die Nummer gemerkt?«

»Nein. Er sauste weiter und war schon verschwunden, als ich noch auf dem umgefallenen Fahrrad lag und krampfhaft versuchte, meinen hochgerutschten Rock zurechtzuzupfen. Ich weiß nur, daß es ein niedriges, schnelles Auto war, ein Sportwagentyp.«

»War denn keiner in der Nähe? Keine Zeugen?«

»Ach, Guy, wenn eine Frau, noch dazu am Shepherd's Market, mit unanständig hochgerutschtem Rock auf einem umgefallenen Fahrrad liegt, ist ihr kaum danach zumute, sich nach Zeugen umzusehen.«

»Wo, sagst du, ist es passiert?«

»Herzblatt, du hörst schlecht zu. Ich glaube, ich habe es schon dreimal erwähnt: Am Shepherd's Market. Ich war so durcheinander, daß ich einfach zu meinem Auto rannte und losfuhr. Zuerst ging es ganz gut. Aber auf einmal fing ich an, mich elend zu fühlen. Verzögerter Schock, nehme ich an. Da es nicht weit bis zu deiner Wohnung war, fiel mir leider nichts Besseres ein, als mich deiner Barmherzigkeit zu überantworten.«

»Ich bin glücklich, daß du dies getan hast, Paula. Nimm noch einen Kognak, ja?«

»Nein danke, Herzblatt. Ich ruhe mich noch ein paar Minuten aus, und dann möchte ich mich in deinem Badezimmer ein bißchen auffrischen, wenn ich darf.«

»Aber sicher. Bitte entschuldige – eigentlich hätte ich es dir anbieten müssen.«

Nach etwa fünf Minuten half ich ihr auf die Füße und wollte sie zum Badezimmer führen. »Ach, danke, mein Bester«, sagte sie, »das schaffe ich schon alleine.«

Da sie die Badezimmertür halb offen ließ, rief ich wenig später: »Ist Felix noch in Schottland?«

»Ja, aber heute abend kommt er zurück. Nebenbei bemerkt, das große Geschäft ist geplatzt. Felix findet, der Handel mit Antiquitäten wäre etwas zu antiquiert für ihn.«

Ich lachte, und im selben Moment ertönte die Türklingel.

Paula rief halblaut aus dem Badezimmer: »Guy, erwartest du jemanden?«

»Ich denke, es wird Inspektor Cameron sein. Er hat sich für sechs Uhr angesagt.«

»O Gott! Erzähle ihm nichts von meinem Unfall, sei so nett! Du weißt, wie er ist. Wahrscheinlich würde er mir stundenlang Fragen stellen, ein Berufsleiden aller Polizisten.«

»Schon recht«, rief ich über die Schulter, als ich mich auf den Weg zur Tür machte.

Ich fand den Inspektor damit beschäftigt, seine Julius-Cäsar-Haarsträhnen glattzustreichen.

»Guten Abend, Mr. Foster. Sind Sie sicher, daß ich nicht ungelegen komme?«

»Aber, ich bitte Sie, Inspektor! Treten Sie ein.«

»Ich möchte nicht stören, Mr. Foster, falls Sie Besuch haben«, sagte er ruhig.

Etwas betroffen hielt ich insgeheim und hastig Ausschau nach irgendwelchen Anzeichen für Paulas Anwesenheit. Sie hatte ihre Handtasche ins Badezimmer mitgenommen; außer dem Kognakglas und der Flasche Remy-Martin auf dem Couchtisch – also Gegenstände, die ebensogut ich selbst hätte benutzt haben können – war nicht die geringste Spur von ihr zu entdecken.

Cameron bemerkte meinen Blick. »Nein, Sir«, sagte er mit trockenem Lächeln, »ich verfüge nicht über die Gabe des Zweiten Gesichts. Es ist nur, daß ich glaube, vor dem Haus Mrs. Hepburns Auto erkannt zu haben. Sie fährt doch einen gelben Karmann/Ghia, nicht wahr?«

Das war eine seiner schätzenswerten Eigenheiten; seine Augen und sein Verstand funktionierten unerhört präzise, aber niemals versuchte er, seine intelligenten Schlußfolgerungen als halbwegs übersinnliche Intuitionen auszugeben. Seine großen Füße – Schuhnummer 46, taxierte ich – standen fest auf der Erde.

Ich erklärte, daß Paula in der Nähe gewesen sei und für ein paar Minuten heraufgekommen sei, weil sie sich nicht allzu wohl gefühlt habe.

»Oh, tut mir leid, dies zu hören, Sir. Hoffentlich nichts Ernstes?«

»Nein, nein, nichts Ernstes«, versicherte ich.

Cameron blickte zum Badezimmer, durch dessen halboffene Tür Wassergeplätscher zu hören war. Er nahm die schmale Aktenmappe, die er unter dem linken Arm gehalten hatte, in die Hand und sagte: »Ich werde Sie nicht lange aufhalten, Mr. Foster. Ich habe hier einige Fotos, die ich Ihnen zeigen möchte. Um Sie nicht voreingenommen zu machen, werde ich Ihnen nicht sagen, was Sie zu sehen bekommen sollen. Antworten Sie einfach mit ›ja‹ oder ›nein‹.« Er blickte wieder zur Badezimmertür. »Und bitte, nennen Sie keine Namen.«

Er holte einen Stapel Porträtaufnahmen aus der Mappe. Alles Männer, nur Kopf und ein Teil der Schultern, meistens abstoßende Gesichter. Sie waren untereinander sehr verschieden; einige hatten Schnurrbärte, einige waren kahlköpfig, einer schielte, einer prangte im Schmuck eines mächtigen Schnauzbartes. Jedesmal, wenn Cameron mir ein Foto zeigte, schüttelte ich den Kopf und sagte: »Nein.«

Plötzlich aber sagte ich: »Ja.«

Das betreffende Foto zeigte Gesicht und Schultern eines offenbar untersetzten Mannes mit dichtem, schwarzem Haar. Das Gesicht wirkte etwas weniger abstoßend als die meisten anderen, die wir gesehen hatten, aber es interessierte mich sehr. Denn es gehörte meinem gewalttätigen Besucher, der sich für George Antrobus ausgegeben hatte.

»Sind Sie dessen ganz sicher?« fragte Cameron. Ein Name wurde nicht erwähnt.

»Unbedingt sicher. Ich habe Ihnen ja gesagt, daß ich ihn aus dem vollbesetzten Wembleystadion herauspicken könnte.«

Der Inspektor brummte zufrieden und schob die Fotos wieder in seine Aktenmappe.

Einen Moment später kam Paula, nett zurechtgemacht wie stets und wieder beträchtlich wohler aussehend, aus dem Badezimmer. Sie grüßte den Inspektor recht zurückhaltend und winkte mir flüchtig zu. Anscheinend wollte sie ohne Aufenthalt in die Vordiele und zur Wohnungstür gehen.

Cameron sagte: »Es tat mir leid, zu hören, daß Sie sich nicht wohl fühlen, Mrs. Hepburn.«

Diese Bemerkung ließ sich kaum ignorieren. Paula, schon im Durchgang zwischen Wohnzimmer und Diele, blieb stehen und rang sich ein strahlendes Lächeln ab. »Nun, ich wäre beinahe überfahren worden. Passiert ist nichts weiter, aber es war unangenehm.«

»Oh, beinah überfahren? So etwas höre ich sehr ungern. Wo geschah es? In der Stadt?«

»Bitte? Ja. Ja, in der Stadt. Guy, mein Bester, ich muß eilen. Felix würde mir aufs Dach steigen, wenn ihn bei der Heimkehr kein reichliches Menü erwartet!«

Ich bot an, sie nach Hause zu fahren, aber davon wollte sie nichts hören. Die Farbe war in ihre Wangen zurückgekehrt, sie sah völlig erholt aus. Sie warf mir eine Kußhand zu und eilte leichtfüßig die Treppe hinab. Durchs Fenster sah ich sie in ihrem gelben Karmann/Ghia davonfahren. Dann kehrte ich zu Cameron zurück und bat um Entschuldigung wegen der Unterbrechung.

»Nicht der Rede wert«, sagte er mit einer großzügigen Handbewegung. »Es war sehr interessant. Was, genau, ist Mrs. Hepburn passiert?«

Da Paula das Kernstück ihres Abenteuers selbst offenbart

hatte, sah ich keinen Grund, die Einzelheiten zu verschweigen, und erzählte alles, was sie mir erzählt hatte. Cameron schien währenddessen in eine abermalige Besichtigung meiner Bibliothek vertieft, aber ich wußte, daß er aufmerksam zuhörte und sich nicht das geringste entgehen ließ.

Als ich fertig war, brummte er: »Hmmm.« Dann entnahm er seiner Aktenmappe das Foto des untersetzten schwarzhaarigen Mannes.

»Und dieses hier, Sir, ist wirklich Ihr angriffslustiger Besucher, der sich als George Antrobus vorstellte?«

»Ja, ohne jeden Zweifel. Wissen Sie etwas über ihn?«

»Er heißt Belham, Lancelot Belham. Aber er benutzt ein halbes Dutzend Decknamen – George Nottingham, Charles Weston, Gus Bell, und so weiter. Nehmen Sie davon, welchen Sie wollen – immer steckt derselbe Gauner dahinter.«

»Wovon lebt er?«

»Er ist Schmied. Wenigstens war er das früher, ehe er sich auf Bauernfängerei umstellte. Er versteht es, sich glaubwürdig und vertrauenerweckend zu geben. Das erstemal, als wir ihn schnappten, hatte er einem arglosen texanischen Touristen einen Londoner Doppeldeckerbus verkauft. Er kriegte achtzehn Monate. Aber der texanische Tourist, ich bedauere dies sagen zu müssen, kriegte seinen zweistöckigen Bus natürlich nicht. Ähnliche Scherze hat er seitdem in reicher Zahl vollbracht.«

»Aber wenn das sein Spezialgebiet ist – wieso kam er dann hierher und gab sich als George Antrobus aus?«

»Weil jemand ihn dafür bezahlte – deshalb, Sir. Recht großzügig bezahlte, nehme ich an.«

»Schön, und doch verstehe ich es immer noch nicht. Würden Sie es für meinen schlichten Verstand erläutern, Inspektor?«

»Aber gerne. Gewissen Leuten schien es nötig, irgend etwas zu finden, wodurch Sie in aller Unschuld zur Carlston Heath gelockt werden konnten. Wenn Miss Dean dort überfallen wurde und sich dann herausstellte, daß Sie zur fraglichen Zeit anderswo gewesen waren, hätte man Ihnen den versuchten Mord kaum anhängen können – nicht wahr? Übrigens glaube ich nicht, daß Joyce Dean überhaupt von irgendwem angefallen wurde. Ich glaube, sie schlich dort nur herum und paßte auf, bis Sie eintrafen. Das kluge Mädchen wollte nämlich sehen, wie Sie gekleidet waren. Später, nach Eintritt völliger Dunkelheit, fingierte sie den Überfall und gab die Beschreibung eines Täters, die verdammt viele Ähnlichkeiten mit Ihnen aufwies. Hinsichtlich der Uhr machte sie allerdings, wie wir wissen, einen Fehler. Das arme Kind durfte sich ja nicht sehr nahe an Sie heranwagen, konnte also nicht erkennen, daß Sie diesmal keine Armbanduhr trugen.«

»Joyce Dean blieb völlig außer Sicht. Aber mich graust es noch nachträglich. Denn wenn ich nicht dieses kleine Zufallsmalheur mit meinem Uhrarmband gehabt hätte, säße ich jetzt in bösen Schwierigkeiten.«

Cameron schüttelte den Kopf und spitzte dabei nachdenklich die Lippen. »Wissen Sie, Mr. Foster, Joyce Deans Geschichte hätte nicht unbedingt standgehalten. Wir glauben nicht alles, was man uns erzählt. Zum Beispiel waren die Gründe, die Miss Dean für ihre Anwesenheit in der Carlston Heath nannte, bemerkenswert schwach. Sie erzählte allerlei Unsinn über ein Telegramm ihres Freundes, der die getroffene Theaterverabredung nicht einhalten konnte. Leider war sie außerstande, uns das Telegramm zu zeigen. Und zu allem Überfluß stellte sich heraus, daß der betreffende Freund zur Zeit geschäftlich in Schweden ist. Mit kurzen Worten – sie servierte uns einen Haufen Lügen über die ganze Sache.«

»Ist das nicht eine strafbare Irreführung der Polizei?«

Cameron lächelte matt. »Würden wir alle derartigen Fälle rigoros behandeln, dann befände sich wohl annähernd ein Drittel der Bevölkerung hinter Gittern, Mr. Foster. Aber zurück zur Sache. Ich ließ mich heute mittag von Ihnen in Elvingdale absetzen, um einige Ermittlungen über Miss Deans Hintergrund zu machen. Der echte George Antrobus hatte mir bereits erzählt, daß sie sich den Ruf verschafft habe, ein sehr ehrgeiziges Mädchen zu sein, äußerst unbefriedigt über das abwechslungsarme Kleinstadtleben. Dies wurde von der Leitung des Hospitals bestätigt, ebenso von Miss Deans Mutter, die eine harmlose, gute alte Frau zu sein scheint. Während ihrer Tätigkeit im Hospital lernte Miss Dean Doktor Swanson kennen, der dort einen Patienten besuchte. Ihre eigene Version von der Geschichte ist, daß er eine Sekretärin brauchte und ihr diesen Job anbot. Die alte Mrs. Dean aber sagte ganz offen, ihre Tochter habe sich dem Doktor geradezu aufgedrängt. Offenbar war sie fest entschlossen, den Kleinstadtstaub von ihren Füßen zu schütteln und ihr Glück in London zu versuchen.«

»Was ihr wohl recht nett gelungen ist«, warf ich ein. »Ich

meine, nicht jede Sprechstundenhilfe kann sich rühmen, daß der Chef ihr sein Auto nebst Chauffeur zur Verfügung stellt.«

»Trotzdem ist sie noch nicht zufrieden«, bemerkte Cameron trocken.

»Wieso?«

»Nun, sie verläßt Doktor Swanson, um Ende dieser Woche nach New York überzusiedeln.«

»Hat der Doktor sie entlassen?«

»Das glaube ich nicht. Als ich ihn heute nachmittag sah, schien er ehrlich betrübt, sie zu verlieren. Ich denke, es ist Miss Dean, die sich nach Abwechslung sehnt. Oder wollen wir sagen, nach reicheren Weiden und Auen? Übrigens, falls Sie jemanden wissen, der eine Wohnung in Kensington sucht – ab Sonnabend ist dort ein Appartement frei. Ein sehr hübsches Appartement, allerdings etwas teuer.«

»Wie teuer?« fragte ich automatisch.

»Vierzig Guineas die Woche, unmöbliert.«

Er sagte das völlig gleichmütig, aber es war nicht schwer, seinen Blick zu deuten.

»Huiii!« machte ich und hob in gespieltem Erschrecken die Hände. »Für diesen Preis müßte es schon ein ungewöhnlich hübsches Appartement sein. Hört sich an, als könnte es in einem dieser Luxusblocks liegen, die erst voriges Jahr fertig geworden sind.«

»Stimmt. Normandy Court ist noch ziemlich neu.«

Ich hatte, was ich brauchte. Und die Information war so diskret erteilt worden, daß ein zufällig anwesender Besucher kaum gemerkt hätte, um was es ging.

Ich fragte: »Woher kann ein junges Mädchen die Mittel haben, um eine Wochenmiete von vierzig Guineas zu bezahlen?«

»Junge Mädchen und ihre Gelder sind heutzutage ein heikles Thema, Mr. Foster. Nehmen Sie Mrs. Foster, zum Beispiel. Ich fragte heute nachmittag Mr. Page, ob er wirklich glaube, daß sie all ihr Geld durch Wetten und Glücksspiel zusammengebracht habe, und er sagte –«

»Ich weiß, Inspektor«, warf ich ein. »Er hat es mir erzählt. Wir telefonierten miteinander, kurz bevor Sie kamen.«

»So, taten Sie das? Hmmm. Nun, im Fall Ihrer Frau waren wir natürlich außerstande, sie selbst um Erläuterungen zu bitten. Wir müssen also abwarten, was nach Verfolgung aller Spuren herauskommt – sofern am Ende überhaupt etwas herauskommt. Aber was Miss Dean betrifft, so könnte jemand sie direkt fragen – nicht wahr?«

»Vorausgesetzt, daß es rechtzeitig geschieht. Amerika ist ziemlich weit weg von hier.«

»Sie haben recht, Mr. Foster – Sie müssen sich beeilen.«

10

Vermutlich ging Cameron bei seinem Entschluß, mir Joyce Dean gegenüber freie Hand zu lassen, von der Theorie aus, daß die hübsche Joyce das schwächste Glied in der Kette derer darstellte, die versucht hatten und noch versuchten, mich zu verderben. Ich war nicht sicher, warum er es vorzog, diese Sache mir zu überlassen, anstatt es selbst zu tun; aber ich nahm an, daß er vernünftige Gründe dafür hätte, und war ehrlich erfreut über die Chance, etwas Konstruktives zu tun.

Am nächsten Morgen um zehn Uhr klingelte ich an der Tür der Lady.

»Erinnern Sie sich an mich?« fragte ich, als sie aufmachte, und setzte schnell einen Fuß über die Schwelle, da sie die Tür gleich wieder zuschmettern wollte. Sie trug einen unlieblichen Ausdruck auf dem Gesicht und ein um so lieblicheres Negligé auf ihrer schlanken Gestalt.

»Was wollen Sie?« fuhr sie mich an.

»Nur ein kurzes Gespräch«, antwortete ich.

Sie dachte einen Moment lang nach, zögerte, versuchte ein Lächeln und zwitscherte süß: »Vielleicht, Mr. Foster, würden Sie so nett sein, Ihren Fuß von der Schwelle zu nehmen?«

»Damit Sie mir die Tür vor der Nase zuknallen können, nicht wahr?« erwiderte ich ebenso süß und schob mich ohne nennenswerte Mühe an ihr vorbei in die Vordiele.

Jetzt nahm ihre Stimme klagende Töne an. »Das kommt mir aber höchst ungelegen. Ich erwarte einen Besuch.«

Ich starrte anzüglich auf ihr geblümtes Negligé; die Blumen waren sparsam darauf verteilt und gleichzeitig die einzigen nicht durchsichtigen Stellen des zarten Gewebes. Miss Dean schien sich auf einen heißen Tag vorbereitet zu haben.

»Wie nett für Ihren Besuch!« kommentierte ich mit zweideutigem Lächeln.

Wieder erhielt ich Gelegenheit, Miss Deans recht offenkundigen Denkprozeß zu verfolgen; die Ideen, Pläne und Möglichkeiten, die ihr durch den Kopf gingen, waren nämlich überraschend klar von ihren großen Augen abzulesen. Schließlich befeuchtete sie ihre Lippen mit der Zungenspitze, öffnete den hübschen Mund ein wenig und machte eine graziöse Bewegung auf mich zu, wobei das geblümte Negligé verführerisch auseinanderflatterte.

Ich trat außer Reichweite und schlug vor: »Sparen Sie das lieber für Ihren Besuch auf.«

Sie blieb abrupt stehen, bedachte mich mit einem haßfunkelnden Blick und ging wie ein erbostes Schulmädchen durch ihr Wohnzimmer ab ins Schlafzimmer. Ich nutzte die Chance, aus der Vordiele ins Wohnzimmer hinüberzuwechseln.

Als Miss Dean einen Moment später wieder auftauchte, war sie bis an den Hals in einen dezenten Hausmantel gehüllt.

»So ist es besser«, sagte ich.

»Hören Sie«, zischte sie ärgerlich, »ich gebe Ihnen genau zwei Minuten, meine Wohnung zu verlassen. Wenn Sie dann nicht fort sind, rufe ich die Polizei!«

»Zwei Minuten wird es nicht einmal dauern, Miss Dean. Das heißt – wenn Sie mir die Wahrheit sagen.«

»Ach? Würden Sie denn die Wahrheit erkennen, wenn Sie sie hören?«

»Versuchen Sie es.«

»Gut. Was wollen Sie wissen?«

»Fangen wir mit der Carlston Heath an. Warum gaben Sie Inspektor Cameron den Eindruck, ich wäre Ihr Angreifer gewesen?«

Sie lächelte; es war zu sehen, daß sie ihre Selbstsicherheit schnell zurückgewann. »Sie gehen von einer falschen Annahme aus, Mr. Foster. Ich ›gab‹ keinen Eindruck. Ich wurde um eine Beschreibung des Angreifers ersucht und beschrieb ihn, so gut ich konnte.«

»Mit der einzigen Absicht, Verdacht auf mich zu lenken!«

Sie zuckte die Achseln. »Tut mir leid, wenn das dabei herauskam. Ich sagte einfach die Wahrheit.«

»Unsinn! Es war ein Pack Lügen – alles, was Sie erzählt haben!«

»Mr. Foster, versuchen Sie zu unterstellen, ich wäre gar nicht angefallen worden?« Sie berührte ihre Kehle und schnitt eine fast dramatische Grimasse. »Hier, sehen Sie sich die Druckstellen an!«

»Na schön. Vermutlich haben Sie, als echte Blondine, eine sehr empfindliche Haut ... Wer überfiel Sie?«

»Ich – ich weiß es nicht. Es war dunkel –«

Sie wandte sich ab – außerstande, meinem Blick zu begegnen. »Ich sagte, ich weiß es nicht sicher.«

Ich faßte sie beim Ellbogen und zwang sie ein Stückchen näher zu mir heran. »Heraus damit! Warum beschuldigen Sie mich?«

»Mr. Foster, ich habe alles, was ich hierzu sagen konnte, der Polizei gesagt. Ich beabsichtige nicht, mehr zu sagen.«

Meine Hand noch an ihrem Ellbogen, erwiderte ich: »Sie sehen zornig aus, Miss Dean.«

»Das bin ich auch. Äußerst zornig!«

»Aber nicht ängstlich, Miss Dean? Das finde ich höchst merkwürdig!«

»Was meinen Sie damit?«

»Einfach dies: Wenn Sie wirklich dächten, ich sei der Mann, der Sie in der Carlston Heath angefallen hat, würden Sie nicht hier stehen und mit mir diskutieren, wie Sie es tun. Sie würden vor Angst von Sinnen sein und um Hilfe rufen!«

Sie straffte sich in meinem Griff, probierte aber nicht, sich loszureißen. Ihre großen Augen spiegelten den Denkprozeß wider, mit dem sie versuchte, aus der Falle zu schlüpfen, die ich ihr gestellt hatte. Das Ergebnis war etwas kläglich: »Ich habe der Polizei die Wahrheit gesagt, und weiter habe ich nichts zu sagen.«

Ich brummte skeptisch. Die Antwort, die mir auf der Zunge lag, blieb unausgesprochen, denn plötzlich ertönte die Türklingel.

Joyce Dean schielte peinlich berührt zur Vordiele. Sie war eine bemerkenswert schlechte Schauspielerin; ihre Augen verrieten jede Reaktion ihrer überbeanspruchten Nerven.

»Da ist jemand an Ihrer Tür«, sagte ich spöttisch. »Soll ich ihn hereinlassen?«

Das war eine vorsätzliche Herausforderung und erfüllte seinen Zweck. Miss Dean riß sich los, hastete aus dem Wohnzimmer in die Vordiele und machte vorsorglich die Verbindungstür hinter sich zu. Ich glaubte, das Schloß klicken zu hören. Nicht willens, nur meinen Ohren zu trauen, versuchte ich den Türknauf. Die holde Miss Dean hatte mich wahrhaftig eingeschlossen. Mich, den sie eines Mordversuchs beschuldigte!

Ich wollte durch das Schlüsselloch spähen. Der Schlüssel steckte noch und versperrte mir die Sicht. Aus der Vordiele war leises Stimmengemurmel zu vernehmen.

Irgendwie paßte es mir großartig, hier eingeschlossen zu sein. Nun konnte ich ein bißchen herumschnüffeln. Ich verschwendete keine Zeit darauf, die Möbel zu besichtigen, die allzu offenkundig von viel Geld und wenig Geschmack zeugten. Was mich interessierte, waren irgendwelche Aufschlüsse über Miss Deans Privatleben.

Ich inspizierte zuerst das Schlafzimmer. Es enthielt ein phantastisches herzförmiges Himmelbett, ganz in Weiß und Zartrosa gehalten, mit durchsichtigen Seidenvorhängen. Auf einigen der graziösen weißen Stühlchen lagen verschiedene Garnituren eleganter Unterwäsche herum, was mir die Idee eingab, in die Schubladen der Wäschekommode – ein Schleiflackmöbel – zu schauen. Die Schubladen waren mehr oder weniger leer, und die teuren, leider verschlossenen Lederkoffer in einer Ecke des Zimmers verrieten, daß Miss Dean bereits für ihre Reise nach New York gepackt hatte. Auf dem Tischchen neben dem Bett standen ein weißes Telefon und eine etwas verwirrende Fotografie von Miss Dean persönlich.

Als ich ins Wohnzimmer zurückkehrte, bemerkte ich dort ein weiteres Telefon. Es stand auf einem dreieckigen, reich geschnitzten Tischchen chinesischen Stils, das mir einige Neugier einflößte. Spielerisch tastete ich daran herum und, siehe da, plötzlich glitt eine kleine Geheimschublade heraus. Darin lag ein schwarzes Büchlein, kaum größer als eine Zündholzschachtel, aber immerhin groß genug, um die Namen, Adressen und Telefonnummern beachtlich vieler Leute zu enthalten. Ich durchblätterte die winzigen Seiten hastig und erspähte einige Namen, die mich erstaunten. Daß auch Don Page verzeichnet war, erstaunte mich vergleichsweise nicht so sehr. Doch dann sprang mir ein besonderer Name in die Augen: Nottingham, Park 0192.

Nottingham – das war einer der Decknamen, die Mr. Lancelot Belham benutzte, mein falscher George Antrobus!

Ich steckte das Büchlein zu mir, schloß die Geheimschublade wieder und schlenderte in eine andere Richtung des Wohnzimmers. Dort stand ich noch, anscheinend in die Betrachtung eines sehr modernen Gemäldes vertieft, als das Türschloß klickte und meine unliebenswürdige Gastgeberin zurückkehrte.

»Wegen des Türabschließens brauchen Sie sich nicht zu entschuldigen«, sagte ich verbindlich.

»Nun, jetzt ist die Tür wieder offen, Mr. Foster. Und ich wäre glücklich, Sie gehen zu sehen, denn ich habe Besuch.«

»Ihre Besucher stellen sich aber schon frühzeitig ein«, bemerkte ich leicht ironisch.

Da ich nun das Büchlein in der Tasche hatte, fühlte ich tatsächlich den Wunsch, mich sehr schnell zu empfehlen, doch wäre dies eine schlechte Taktik gewesen. Ich versuchte also, meine Anwesenheit noch ein paar Minuten länger hinzuziehen, während Miss Dean zusehends immer übellauniger wurde. Schließlich näherte sie sich dem Telefon.

»Hören Sie, Mr. Foster, wenn Sie jetzt nicht sofort gehen, rufe ich die Polizei und lasse Sie festnehmen, wegen unbefugten Eindringens in meine Wohnung und wegen wiederholter Belästigungsversuche!«

Ich ging still und widerspruchslos von dannen. Übrigens war in der Vordiele nichts von Miss Deans Besuch zu sehen; vermutlich wartete er einstweilen im Badezimmer.

Draußen, im Innenhof des riesigen Wohnblocks, suchte ich nach einem Ausguck, von wo ich den zu Miss Deans Appartement führenden Hauseingang beobachten könnte, denn ich hätte gerne festgestellt, ob ihr Besuch jemand wäre, den ich kannte. Schließlich betrat ich einen der Hauseingänge jenseits des Hofes und bezog Posten hinter der großen Glastür.

Kaum drei oder vier Minuten hatte ich dort gestanden, als – leider fast gleichzeitig – zweierlei geschah. Erstens sah ich Paula Hepburns gelben Karmann/Ghia in den Hof einbiegen, zweitens tippte mir jemand auf die Schulter. Widerstrebend wendete ich meinen Blick von dem Karmann/Ghia ab, um neben mir einen alten Kollegen aus meinen Fleet-Street-Tagen zu erblicken.

»Hallo, Guy Foster! Was treibst du denn hier?«

»Dasselbe könnte ich dich fragen«, gab ich zurück, mit allen Gedanken noch bei dem gelben Karmann/Ghia.

»Na, du wirst lachen«, antwortete der Kollege, »aber ich wohne hier. Sündhaft teuer, doch sehr günstig zur Fleet Street gelegen.« Jovial wie eh und je, legte er mir einen Arm um die Schultern und steuerte mich hinaus in den Hof. »Hast doch sicher Zeit für einen Schluck? Was wolltest du eigentlich bei uns im Hausflur? Wann kommst du in die Fleet Street zurück?«

Die zweite seiner Fragen brachte mich in Verlegenheit, die dritte schien zur Zeit indiskutabel; also beschränkte ich mich auf eine positive Beantwortung der ersten.

»Ja, gut. Schwatzen wir ein bißchen bei einem Glas Bier.«

Paulas gelber Karmann/Ghia – oder ein unglaublich ähnliches Gegenstück – stand jetzt am fernen Ende des Hofes geparkt. Er war mir ins Blickfeld geraten, buchstäblich eine halbe Sekunde, bevor der alte Kollege mir auf die Schulter tippte. Wenige Sekunden mehr, und ich hätte Gelegenheit gehabt, am Nummernschild zu erkennen, ob es sich wirklich um Paulas Auto handelte. Paula Hepburn und Joyce Dean – war das denkbar?

In meinem Kopf jagten sich die Fragen. Ich fürchte, ich gab einen schlechten Gefährten ab für den alten Kollegen. Einsichtig wie er war, spürte er dies bald, ohne etwas übelzunehmen. Nach dem zweiten Glas Bier trennten wir uns mit dem Versprechen, einander bald anzurufen.

Ich ging zum nächsten Taxistand.

Auf der Fahrt zum Scotland Yard beschäftigte ich mich mit Miss Deans schwarzem Büchlein. Dabei stieß ich auch auf die Namen Carol Stewart und Mary Antrobus. Das verwunderte mich. Standen die beiden mit Joyce Dean in Verbindung, die sich nebenberuflich – so schien es mir wenigstens nach den jüngsten Eindrücken – offenbar als Callgirl betätigte? Bei Carol Stewart hielt ich so etwas nach kurzem Überlegen für möglich, aber bei Mary Antrobus konnte ich es nicht recht glauben.

Das Taxi bog von Whitehall in den Scotland Yard ein.

Zu meinem Glück war Inspektor Cameron von irgendwelcher Außenarbeit eben wieder in sein Büro zurückgekehrt. Ich kam unverzüglich zur Sache.

»Miss Joyce Dean hat ihre Koffer für die Abreise nach New York gepackt, aber fort ist sie noch nicht«, sagte ich. »Und zufällig hat sie dieses hier vergessen.«

Ich legte das schwarze Büchlein auf den Schreibtisch; Camerons dichte Augenbrauen ruckten empor.

»Sorglos«, sagte er trocken.

»Miss Dean war so nett, mich ein Weilchen allein im Zimmer zu lassen.« Ich beschrieb die ganze Szene, einschließlich des anderen Besuchs, den die muntere Joyce bekommen hatte.

»Sind Sie sicher, daß es ein Mann war?« fragte Cameron.

»Zuerst nahm ich es an, doch jetzt bin ich dessen nicht mehr ganz sicher. Zufällig habe ich nachher im Innenhof des Wohnblocks Paula Hepburns Auto gesehen. Wenigstens denke ich, daß es ihr Auto war – der Karmann/Ghia. Erinnern Sie sich des ausgefallenen gelben Farbtons?«

»Konnten Sie die Zulassungsnummer nicht sehen?«

Ich erläuterte, was mich daran gehindert hatte.

»Schade«, sagte Cameron. »Aber selbst wenn es Mrs. Hepburns Auto war, folgte daraus nicht unbedingt, daß sie Joyce Dean besucht hat. In diesem riesigen Häuserblock müssen tausend oder mehr Leute wohnen. Sie kann leicht zu jemand anders gegangen sein.«

»Das stimmt. Aber trotzdem – ein Zusammenhang wäre da recht merkwürdig.«

»Ah, Zusammenhang hin, Zusammenhang her! Seien Sie damit vorsichtig, Mr. Foster. Befassen wir uns lieber mit diesem Büchlein, das so – äh – sorglos bei Miss Deans Telefon verwahrt wurde.«

Cameron schlug das Büchlein auf und studierte Seite für Seite genau. Viermal machte er dabei »Ah!« Schließlich legte er das Büchlein wieder auf den Schreibtisch und sagte: »Vier Personen aus Miss Deans erstaunlich weitem Freundeskreis sind mir besonders interessant. Ich will die Namen eben herausschreiben.«

Er zog einen Notizblock herbei und schrieb vier Namen untereinander: Don Page, George Nottingham alias Belham, Mary Antrobus, Carol Stewart. Deutlich entfernt von der Kolonne dieser vier Namen schrieb er rechts auf dasselbe Blatt den Namen Joyce Dean.

»Was mag die Verbindung sein?« überlegte er laut. »Offiziell wissen wir nur von einer: Mr. Page ist ein Patient von Doktor Swanson. Er und Joyce Dean können unbestreitbar behaupten, einander in ihren Eigenschaften als Patienten und Sprechstundenhilfe begegnet zu sein.«

Er zog eine Linie über das Blatt, die beide Namen verband.

»Insoweit«, fügte er hinzu, »ist es einleuchtend genug. Doch warum steht Mr. Pages Name in diesem intimen Büchlein, das mehr der Freizeitgestaltung gewidmet scheint? Diese Frage bleibt zu prüfen.«

Er drückte auf einen Knopf der Wechselsprechanlage auf seinem Schreibtisch und sagte dabei erläuternd: »Jetzt zu unserem gemeinsamen Freund Georg Nottingham alias Lancelot Belham ... Hallo, Sergeant? Etwas Neues inzwischen über Lancelot Belham?«

Eine Stimme von irgendwoher tönte aus dem Gerät: »Ich fürchte, noch nicht, Sir. Wir haben alle seine üblichen Schlupfwinkel überprüft, aber keinen Erfolg bis jetzt.«

»Hoffen wir auf den nächsten Versuch. Hören Sie, Sergeant: Wir haben einen Tip erhalten, daß Belham unter der Telefonnummer Park 0192 zu erreichen sein könnte. Haben Sie notiert? Ermitteln Sie, wem der Anschluß gehört. Auch die Adresse. Aber vorsichtig. Wir dürfen nichts riskieren, den Vogel aufzuscheuchen. Ich denke, Sie werden finden, daß Belham einen seiner alten Decknamen benutzt – George Nottingham. Fassen Sie nach, Sergeant.«

»Sehr wohl, Sir.«

»Und Sergeant, seien Sie auf der Hut! Er entwickelt schlechte Manieren, wenn er gereizt wird.«

»Dann werde ich versuchen, ihn nicht zu reizen, Sir.«

Cameron lächelte.

Ein Klicken zeigte an, daß die Verbindung beendet war. Der Inspektor drückte auf einen anderen Knopf.

»Bitte, Sir?« meldete sich die Stimme einer Polizeibeamtin.

»Hier Inspektor Cameron. Haben Sie irgendwelche Nachrichten für mich?«

»Jawohl, Sir. Ich wollte Sie gerade verständigen. Während Sie fort waren, telefonierte ein Mr. Felix Hepburn an. Er bestand darauf, Sie zu sehen.«

»Bestand darauf?«

»Jawohl, Sir. Er war sehr aufgeregt.«

»Wann war das?«

»Vor etwa einer halben Stunde.«

»Sagte er, um was es geht?«

»Nein, Sir. Aber er sagte, er würde persönlich vorsprechen – oh, einen Moment, Sir, ich denke, er ist eben bei der Anmeldung. Soll ich ihn hinaufbegleiten lassen, Sir?«

»Ja, tun Sie das.«

Die Verbindung endete. Cameron und ich wechselten Blicke.

Ich fragte: »Weiß er, daß ich hier bin?«

Cameron zuckte die Achseln und griff nach dem schwarzen Büchlein. »Bleiben Sie ruhig da. Aber ich glaube nicht, daß wir feuergefährliche Gegenstände wie diesen hier zur allgemeinen Besichtigung herumliegen lassen sollten.«

Er legte das Büchlein in eine Schublade. Kurz danach wurde die Tür von einem uniformierten Polizeibeamten geöffnet, der »Mr. Felix Hepburn« ankündigte.

Felix trat ein.

»Ich bin sehr erleichtert, Sie zu sehen, Inspektor«, begann er ungestüm, dann erblickte er mich. »Oh – so was, Guy. Wie geht es dir?«

»Schon recht, Felix. Wie war es in Schottland?«

»Na, wie wohl? Kalt und feucht, natürlich. Immer dasselbe. Ich bin noch nie nördlich der Grenze gewesen, ohne daß es in Strömen geregnet hätte.«

»Wann bist du zurückgekommen?«

Felix sah auf seine Uhr. »Vor achtundvierzig Minuten traf mein Zug auf der King's-Station ein. Ich fuhr direkt nach Hause und fand die arme alte Paula verdammt nahe vor einem Nervenzusammenbruch. Hören Sie, Inspektor, das geht zu weit! Jetzt ist es schon zum zweitenmal passiert!«

»Was ist zum zweitenmal passiert, Mr. Hepburn?«

»Es war das zweitemal, daß jemand versucht hat, meine Frau zu töten!«

»Sie meinen den kleinen Unfall, den Ihre Frau gestern gegen Abend hatte?«

»Was reden Sie da von Unfall? Ich sage Ihnen, das war ein vorsätzlicher, kaltblütiger Versuch, sie zu überfahren! Dank ihrer schnellen Reaktion konnte sie glücklicherweise gerade noch im letzten Moment beiseitespringen.«

»Du sagtest ›das zweitemal‹, Felix«, warf ich ein. »Ich kann da nicht ganz folgen.«

»Wirklich nicht, alter Junge?«

Ich schüttelte den Kopf und sah fragend zu Cameron. Auch Felix wandte sich an ihn, teils ironisch, teils anklagend.

»Wollen Sie mir etwa sagen, Inspektor, Ihnen selbst wäre es noch gar nicht aufgefallen?«

»Weiter, Sir«, verlangte Cameron ungerührt.

»Was trug Melissa an dem Abend, an dem sie ermordet wurde, Guy?«

»Das weißt du doch ganz genau! Sie hatte sich Paulas Pelz geborgt, weil –«, ich hielt erschrocken inne. »Himmel! Du willst sagen, der Mörder dachte, es wäre Paula? Er hätte die verkehrte Frau getötet?«

»Gut gemacht, Guy! Du hast es immerhin erfaßt«, entgegnete Felix sarkastisch. »Wie es geschehen konnte, ist ganz offensichtlich. Es war dunkel, Melissa trug Paulas Pelzmantel, der Mörder war in Eile –«

»Woher wissen Sie, daß er in Eile war, Mr. Hepburn?« warf Cameron schnell ein.

Felix runzelte die Stirn. »Nun, ich meine – ich finde, das können wir doch als gegeben erachten, nicht wahr?«

»Ich fürchte, darin stimme ich nicht mit Ihnen überein, Sir. Wir können nichts als gegeben erachten, und am wenigsten die Vermutung, daß Mrs. Foster irrtümlich ermordet wurde. Im übrigen, Mr. Hepburn, sind wir bei unseren Ermittlungen auch dieser Möglichkeit gründlich nachgegangen.«

Felix sah den Inspektor herausfordernd an. »Nun gut. Und wie wollen Sie dann erklären, was Paula beim Shepherd's Market passierte?«

Cameron zuckte die Achseln. »Vermutlich war es nur ein kleiner Unfall, Sir. Als der Fahrer des Sportwagens sah, daß Ihre Frau keinen Schaden genommen hatte, überlegte er nicht lange, ob er stoppen sollte. Keine lobenswerte Einstellung, aber heutzutage leider durchaus üblich geworden.«

Felix schien gegen diese gleichmütige Ablehnung seiner Theorie protestieren zu wollen, doch kam der Inspektor ihm zuvor: »Mr. Hepburn, ich habe da eine Frage, die ich eigentlich an Mr. Page richten wollte. Aber vielleicht können auch Sie es mir sagen, da Sie ja an seiner Geburtstagsparty teilgenommen haben.«

»Wenn ich es vermag, gerne.«

»Es betrifft Miss Carol Stewart. Ich glaube verstanden zu haben, daß sie sich zu einer Art Plage machte und verhältnismäßig früh von Mr. Page nach Hause gefahren werden mußte?«

»Ja, das ist richtig. Sie verträgt keinen Alkohol, hatte aber wieder zuviel getrunken. Sie wurde ehrgeizig und wollte unbedingt ihre alten billigen Kunststückchen vorführen, mit denen sie uns allen schon dutzendemal auf die Nerven gefallen ist.«

»Um was für Kunststückchen handelte es sich, Sir?« fragte Cameron liebenswürdig.

Felix zog ein geringschätziges Gesicht. »Eine Attraktion

allerdings noch für Kleinstadtjahrmärkte! Sie imitiert die Stimmen bekannter Persönlichkeiten. Sie scheint nicht zu begreifen, daß Darbietungen solcher Art in unseren Kreisen längst nicht mehr gefragt sind. Offen gesagt, dieses Mädchen hat damit schon mehr Partys verdorben als sonst jemand, den ich kenne. Sie verstehen, was ich meine, Inspektor?«

Cameron lächelte und sah ziemlich betont auf seine Uhr. »Ich fürchte, mir bleibt sehr wenig Zeit für Partys, Mr. Hepburn. Aber zweifellos haben Sie recht – ein Mädchen dieser Art muß eine Partyplage sein.«

Felix und ich verstanden den Wink und verabschiedeten uns wenig später.

Draußen auf der Straße schien Felix nicht mehr besonders mitteilsam. Offenbar grübelte er noch über die vermeintlichen oder wirklichen Anschläge auf Paulas Leben. Als er merkte, daß ich ohne Auto war, schlug er nicht allzu begeistert vor, mich nach Hause zu fahren, doch lehnte ich dankend ab.

Er fügte hinzu: »Ich würde dich bitten, bei uns zu lunchen, alter Junge, aber ich fürchte, Paula ist noch nicht zurück –«

»Noch nicht zurück?« unterbrach ich ihn verwundert. »Sagtest du nicht eben, sie war zu Hause, als du vom Bahnhof kamst?«

»Ja, da war sie zu Hause, alter Junge, da war sie zu Hause. Aber fast unmittelbar danach ging sie fort.«

»Weißt du zufällig, wohin?« fragte ich, vielleicht eine Kleinigkeit zu rasch.

Felix gab mir einen etwas erstaunten Blick. »Nein, das weiß ich nicht, mein guter Guy. Wahrscheinlich zu einem ihrer vielen Wohltätigkeitskomitees. Weshalb fragst du?«

»Ach, eigentlich nur so. Sicher nahm sie ihr Auto?«

Felix lachte milde. »Hast du je erlebt, daß sie Entfernungen von mehr als zehn Schritt ohne Auto bewältigt hätte?«

Ich stimmte in sein Lachen ein. Wir wechselten noch ein paar belanglose Worte, dann verabschiedeten wir uns voneinander.

Ich beschloß, einen Teil meines Heimweges zu Fuß zurückzulegen, in der Hoffnung, daß die frische Luft meinen Scharfsinn anregen und somit helfen könnte, die neu aufgetauchten Probleme zu lösen. Was, um alles in der Welt, hatte zum Beispiel Paula mit einem Mädchen wie Joyce Dean gemein? Und weshalb standen die Namen Carol Stewart und Mary Antrobus in dem schwarzen Büchlein? Ich konnte beim besten Willen nicht dahinterkommen. Nur für den Inspektor – so vermutete ich irgendwie – hatte es wohl angefangen, sich zu einem ›hübschen Schema‹ zu formen.

Insoweit sollte ich recht behalten.

Denn am nächsten Morgen, als ich in Pyjama und Hausmantel den Etagenflur betrat, um die Morgenzeitung hereinzuholen, kam Cameron schweren Schrittes die Treppe herauf. Er sah müde und überanstrengt aus, wie nach einer schlaflosen Nacht. Aber aus seinen ernsten braunen Augen schimmerte Triumph.

»Dieser Fall beginnt sich zu klären, Mr. Foster«, sagte er. »Heute nacht haben wir uns Lancelot Belham geschnappt – Ihren Mr. Antrobus!«

11

Ohne seinen Mantel abzulegen, ließ er sich erschöpft in einen Wohnzimmersessel sinken.

»Das war mal eine Nacht«, seufzte er, zündete sich eine Zigarette an und rauchte schweigend vor sich hin. Da ich sehen konnte, wie mitgenommen er war, wartete ich geduldig, bis er anfangen würde zu sprechen.

Schließlich sagte er: »Wir haben das schwarze Büchlein von Miss Dean noch einmal gründlich durchgesehen. Die Telefonnummer, die uns zunächst am meisten interessierte, war Park 0192, von der sich herausstellte, daß sie einem schäbigen kleinen Hotel in Notting Hill Gate gehört. Wir gingen hin und beschrieben Belham der Wirtin. Sie erkannte nach dieser Beschreibung sofort einen ihrer Gäste – Mr. George Nottingham.

Er war zu dieser Zeit fort, aber wir besichtigten sein Zimmer, das uns nicht sehr viel verriet. Um zwei Uhr morgens telefonierte die Wirtin mich an und sagte, daß er eben zurückgekommen sei. Wir fuhren also wieder hin und holten ihn. Er hatte anscheinend eine Menge getrunken und war anfangs für nichts zu gebrauchen. Wir gaben ihm einige Tassen starken Kaffee und stellten immer wieder dieselbe Frage. Nach einer Stunde wurde er plötzlich weich und erzählte die ganze Geschichte.«

Cameron drückte den Rest seiner Zigarette in den Aschenbecher.

Ich fragte: »Gestand er tatsächlich, daß er mich mit dem Revolver bedroht hat?«

Der Inspektor lachte kurz auf.

»Er schwört, der Revolver sei nicht geladen gewesen. Und wir können das Gegenteil nicht beweisen. Er gab jedoch zu, den Brief geschrieben zu haben, den Sie in der Kassette Ihrer Frau fanden. Genauer gesagt – die beiden Briefe.«

»Aber es war Melissas Handschrift! Ich würde ihre Handschrift überall erkennen!«

Cameron lächelte milde. »Erwähnte ich nicht, daß Freund Belham zu den geschicktesten Banknotenfälschern des Landes gehört? Mrs. Fosters Handschrift zu kopieren, war ein Kinderspiel für ihn. Und er wurde gut bezahlt für diesen Job.«

»Sagte er, wer ihn bezahlt hat?«

Cameron wiegte den Kopf hin und her. »Da tappen wir noch im dunkeln. Freund Belham bleibt bei der Behauptung, der betreffende Gentleman sei ihm nur als ein Mr. Smith bekannt.«

»Konnte er ihn wenigstens beschreiben?«

»Er versichert, daß er diesem Gentleman nie begegnet ist und daß alle Arrangements durch eine Mittelsperson getroffen wurden, in der ich auf Anhieb unsere Miss Joyce Dean erkannte. Das schloß den Kreis.«

»Glauben Sie nicht, daß Joyce Dean und Mr. Smith ein und dieselbe Person sein können?«

Cameron spitzte zweifelnd die Lippen, stand auf, zog sich den Mantel aus und trat vor den Spiegel beim Kamin, um einige seiner Julius-Cäsar-Strähnen glattzustreichen.

»Nach meiner Kenntnis der Verbrecherwelt würde ich normalerweise hohe Wetten dagegen setzen. Andererseits müssen wir die Augen offenhalten und auch diese Möglichkeit prüfen ... Tja, aber warum gehen Sie nicht und ziehen sich an, Mr. Foster? Ich könnte inzwischen etwas Kaffee kochen. Eine Tasse Kaffee täte mir jetzt wohl.«

Ich sagte ihm, wo er alles Benötigte finden würde, und ging ins Schlafzimmer, um mich fertig anzuziehen.

Fünf oder sechs Minuten später, als ich zu ihm in die Küche kam, duftete der ganze Raum appetitlich nach frischem, starkem Kaffee. Wir setzten uns einander gegenüber an den Frühstückstisch und leerten jeder eine erste Tasse Kaffee; dann nahm er seine Story wieder auf.

»Mr. Foster, ich habe niemals ernstlich geglaubt, daß Ihre Frau all dieses Geld durch erfolgreiche Wetten oder beim Glücksspiel machte. Als wir nachforschten, fanden wir bald heraus, daß sie nie in ihrem Leben eine Rennbahn, einen Spielsalon oder die Agentur eines Buchmachers betreten hat. Wir fragten Hunderte von Leuten, und keiner von ihnen erkannte ihre Fotografie.«

»Nun, von irgendwoher muß sie das Geld ja bekommen haben, und von mir war es bestimmt nicht.«

Er zeigte ein dünnes Lächeln. »Das war mir klar. Sicher war sie eine äußerst charmante Frau. Und doch hatte sie einen Schönheitsfehler – ihre Gier nach Geld. Geld bedeutete ihr mehr als alles und jeder. Sie verließ Südafrika in der Hoffnung, hier beim Theater oder beim Film großes Geld zu machen. Dann heiratete sie Sie, wahrscheinlich in der Erwartung, daß ein wohlbekannter Journalist über vorteilhafte gesellschaftliche Kontakte verfüge.«

»Die Enttäuschung begann bald«, erwiderte ich ingrimmig. »Trotzdem war sie nicht übermäßig aufgebracht, als ich der Fleet Street den Rücken kehrte.«

»Ja, denn zu dieser Zeit hatte sie bereits eine Methode entdeckt, wie sie sich leichtes Geld verschaffen könnte – nämlich durch ein nettes kleines Erpressungssystem.«

Cameron tat noch etwas mehr Zucker in seine neue Tasse Kaffee und rührte eifrig um; offenbar hatte er bemerkt, wie peinlich es mich berührte, als er so über Melissa sprach.

»Ich sehe dies alles objektiv«, beeilte er sich zu versichern. »Ich zähle hier nur die Ergebnisse unserer Nachforschungen auf. Eine persönliche Meinung habe ich nicht dazu.«

»Aber ich begreife nicht«, sagte ich, »wie Melissa, eine Fremde in diesem Land, an die Möglichkeit geriet, Erpressungen zu verüben?«

»Nun, sie war wohl bei diesem Spiel eine Art Juniorpartnerin. Sie arbeitete mit dem Mann namens Smith zusammen.«

»Ah, ich muß sagen, das klingt schon glaubwürdiger.«

Cameron nickte. »Ihre Frau gab eine sehr dekorative ›Fassade‹ ab – genau das, wonach Mr. Smith meines Erachtens schon lange Ausschau gehalten hatte. Hm, ich frage mich, wer von den beiden auf die nette Idee kam, daß Ihre Frau die erpreßten Gelder in einer Hutschachtel transportieren sollte?«

Die Dinge begannen sich langsam zusammenzufügen. Ich schenkte neuen Kaffee ein und zündete mir eine Zigarette an.

»Dieser Bursche Smith hat allerlei Phantasie«, fuhr Cameron

fort. »Natürlich müssen wir annehmen, daß er aus dem Geschäft höhere Gewinne zog als Mrs. Foster. Und vergessen Sie nicht, daß immer, wenn auf kriminelle Art Geld verdient wird, die Gefahr von Gewalttätigkeiten oder Mord besteht. Ihre Frau und Mr. Smith müssen Streit gehabt haben. Vielleicht wollte Ihre Frau abspringen, vielleicht verlangte sie höhere Anteile – wir werden es nie wissen. Aber eins ist sicher: Ihre Frau wußte mehr, als für den Seelenfrieden von Mr. Smith gut sein konnte. Wahrscheinlich führte eins zum anderen, bis er beschloß, seine Partnerin zu töten und den Verdacht auf Sie zu lenken, Mr. Foster.«

»Demnach müßte er mich eigentlich recht gut kennen?«

»Nun, sagen wir so: Ihre Frau dürfte ihm nach und nach alles über Sie und Ihren Kreis erzählt haben. Er wußte offenbar, daß Sie ohne festen Job waren, obendrein nervös, von Geldsorgen geplagt und zu Streitereien mit Ihrer Frau geneigt. Tatsächlich glichen Sie einem Boxer, der seine Deckung sträflich vernachlässigt. Es war nicht schwierig, zu beweisen, daß Sie bei all dem Druck, unter dem Sie standen, immer unausgeglichener wurden.«

»Weiß Gott«, warf ich ein, »mir scheint, ich habe der Gegenseite direkt in die Hände gespielt!«

Während ich vorsichtig von meinem heißen Kaffee trank, dachte ich daran, wie aus der Kassette die zweite Fassung des gefälschten Briefes von Melissa zum Vorschein gekommen war, und wie die Komplikationen mit Dr. Swanson jedem, meine Freunde eingeschlossen, den Eindruck vermittelt haben mußten, daß ich allmählich verrückt wurde.

Cameron setzte seine Ausführungen fort, indem er erläuterte, daß und warum Mr. Smith Leute wie Belham und Carol Stewart beschäftigt hatte. Seiner wohlbegründeten Ansicht zufolge war es Carol Stewart, die am Telefon Melissas Stimme nachgeahmt und auch die Nachricht über Peter Antrobus in meine Schreibmaschine geklemmt hatte.

»Dann hat sie Melissas Stimme auch bei dem Anruf aus Lenton imitiert?« fragte ich.

»Dieser Anruf kam nicht aus Lenton, Mr. Foster. Wir haben es nachprüfen lassen. Vermutlich wurde der Trick mit einem Telefon vollbracht, das nicht sehr weit von hier entfernt ist.«

»Hatte Carol Stewart an dem Abend, als Melissa starb, auch mit dem Stehlen der Hutschachtel und der Handtasche zu tun?«

»Ich würde sagen, daß Mrs. Foster noch einmal leise in die Wohnung kam. Als sie hörte, daß Sie an der Schreibmaschine saßen, wollte sie nicht stören und verschwand unbemerkt mit den Dingen, um derentwillen sie gekommen war.«

»Wer hat aber dann die Hutschachtel und die Handschuhe später wieder zurückgebracht?«

»Smith oder Carol Stewart. Eine der beiden Personen muß einen Schlüssel gehabt haben, wahrscheinlich von Ihrer Frau ausgeborgt oder gestohlen. Die Gegenstände wurden zurückgebracht, um es so aussehen zu lassen, als wären Sie ein Lügner.«

»Oder geistig verwirrt«, ergänzte ich bitter. »Aber wieso ausgerechnet Carol Stewart? Was hatte sie gegen mich? Wir waren uns zu dieser Zeit noch nie persönlich begegnet.«

»Oh, es war bei ihr, wie bei Belham, einfach eine Frage des Geldes – nicht mehr und nicht weniger.« Cameron hielt einen Moment lang inne, dann fügte er hinzu: »Um Miss Stewart gerecht zu werden – ich glaube, sie hat nicht gewußt, daß sie zur Durchführung eines Mordplanes verwendet wurde. Jedenfalls nicht beim erstenmal. Als sie später argwöhnisch wurde, war sie bereits in die Sache verwickelt und zu verängstigt, um noch abzuspringen. Smith zog seinen Vorteil daraus und zwang sie, den zweiten Telefonanruf zu erledigen.«

Ich konnte mir nicht helfen – ich fühlte mich furchtbar deprimiert. Jedermanns Hand war gegen mich am Werk gewesen, und selbst jetzt schien ich noch weit davon entfernt, aus den Schwierigkeiten heraus zu sein.

Offenbar spürte Cameron meine Reaktion.

»Tut mir leid, Mr. Foster. Aber das Ärgste wissen Sie nun. Sie müssen hart sein und alle Kräfte zusammennehmen, um diese Sache durchzustehen.«

Wir hatten uns eben wieder neuen Kaffee eingeschenkt, als das Telefon klingelte. Ich ging ins Wohnzimmer, um den Anruf entgegenzunehmen.

»Hier spricht Doktor Swanson«, sagte eine merkwürdig gespannte Stimme am anderen Ende des Drahtes. »Ich habe eben Ihren Brief aufgemacht, Mr. Foster.«

Ich war im Begriff, ihn zu fragen, welchen Brief, als ich bemerkte, daß Cameron, seine Kaffeetasse in der Hand, herbeigekommen war und mit undurchdringlicher Miene dicht neben mir stand. Ich versagte mir die fällige Frage und antwortete bloß: »O ja?«

Nach einer oder zwei Sekunden fuhr Swanson fort: »Eine höchst unerfreuliche Lektüre, in der Tat.«

Ich sah die warnende Geste von Cameron, der offenbar erkannt hatte, wer mein Anrufer war, und murmelte: »Tut mir leid.«

Wieder entstand eine kurze Pause, ehe Swansons Stimme weitersprach: »Halten Sie es nicht für besser, Mr. Foster, daß wir uns treffen und die Angelegenheit besprechen?«

Cameron, der es mitgehört hatte, gab mir ein flüchtiges Nikken.

»Gewiß, wenn es das ist, was Sie möchten«, sagte ich zu Swanson. »Welchen Treffpunkt schlagen Sie vor?«

»In der King's Road ist ›The Windmill‹, ein ruhiges kleines Café. Würde es Ihnen heute nachmittag um vier Uhr passen?«

»Ich werde dort sein«, versprach ich und fügte noch hinzu: »Bringen Sie meinen Brief mit. Ich möchte ihn zurückhaben, falls es Ihnen nichts ausmacht.«

Ich legte auf und sah den Inspektor an. Er nickte anerkennend, stellte seine geleerte Kaffeetasse ab und griff, sehr zu meiner Überraschung, nach seinem Mantel und Hut. In Camerons Augen war ein unübersehbares Funkeln. Ein fast belustigtes Funkeln, wie es mir schien.

»Weshalb baten Sie um den Brief, Mr. Foster?«

Ich zuckte die Achseln. »Ich meine, daß, wenn ich ihn geschrieben habe – was übrigens nicht zutrifft –, mir ein gewisses Recht zukommt, zu erfahren, was darin steht.«

Cameron lächelte und placierte seinen Hut sehr sorgfältig auf seine Julius-Cäsar-Frisur. »Nun, ich sehe, daß Sie lernen, Mr. Foster. Schnell lernen. Ich wünsche Ihnen einen guten Tag, Sir.«

Ob der Inspektor recht hatte oder nicht – ich wußte es nicht. Vielleicht lernte ich schnell. Dennoch fühlte ich mich, als ich nachmittags durch die King's Road schlenderte, ganz entschieden beklommen. Inzwischen hatte ich mir überlegt, daß der einzige Mensch, der diesen Brief geschrieben haben konnte, Inspektor Cameron war; anscheinend hatte er gemeint, daß es an der Zeit wäre, die Gegenseite in offenes Gelände zu zwingen.

Ich fand Dr. Swanson nahe dem Schaufenster des Cafés ungeduldig an einem Ecktischchen warten. Weitere Gäste waren nicht anwesend. Eine Kellnerin brachte unverzüglich Tee für uns und schloß dann ruhig die Tür. Ich übernahm es, den Tee einzugießen und sagte mir dabei, daß der Doktor hier Stammgast sein müsse.

In einem Versuch, das Eis zu brechen, fragte ich: »Ist es Ihnen gelungen, einen Ersatz für Miss Dean zu finden?«

Er nickte stumm.

»Das ist gut«, sagte ich. »Erfahrene Sekretärinnen sind heutzutage schwer zu bekommen. Und das erinnert mich – haben Sie den Brief mitgebracht?«

Er zog den Brief aus der Tasche und reichte ihn herüber. Ich erkannte mein Briefpapier, sah aber sofort, daß die Schrift nicht von meiner Maschine stammte.

Als ich die erste Zeile las – ›Werter Dr. Swanson, ich habe eine von meiner Frau gemachte Tonbandaufnahme gefunden . . .‹ –, fragte der Doktor: »Was wollen Sie wissen?«

»Einfach die Wahrheit, Doktor«, antwortete ich.

Er zögerte eine Weile.

»Angenommen, ich sage Ihnen alles«, erkundigte er sich schließlich, »was geschieht dann mit dem Tonband, das – wie Sie schreiben – Ihre Frau von mir aufgenommen hat?«

»Ich wäre in der Lage, Ihnen zu helfen, wenn Sie versprechen, alles ins reine zu bringen.«

Er bewegte sich unruhig auf seinem Korbsesselchen.

»Es gäbe eine andere Lösung«, murmelte er. »Ich wäre bereit, Ihnen das Tonband abzukaufen.«

Ich schüttelte den Kopf. Wie hätte ich auch ein Tonband verkaufen können, das gar nicht existierte? Jedenfalls meines Wissens nicht existierte? Mir blieb nur übrig, den Bluff fortzusetzen.

»Ich würde Ihnen Dreitausend für das Band geben, ohne es überhaupt gehört zu haben«, drängte er.

»Sie verschwenden Ihre Zeit, Doktor. Ich bin an Tatsachen interessiert, nicht an Geld.«

Ich zündete mir umständlich eine Zigarette an und wartete, daß er zu einem Entschluß käme.

Schließlich fragte er: »Was wäre es denn – äh –, ich meine, was wollen Sie wissen?«

»Vor allem – warum haben Sie der Polizei Lügen über mich aufgetischt?«

»Ich hatte keine Wahl. Ich wurde erpreßt.«

»Von Joyce Dean?«

»Ja.«

»Welches Druckmittel hatte Miss Dean gegen Sie?«

Er zog ein weißseidenes Taschentuch und wischte sich die Schweißtröpfchen von der Stirn.

»Ich war vernarrt in sie. Wie ein Schwachkopf erzählte ich ihr, daß ich einige Leute mit gewissen Drogen versorgte ...«

Er zuckte hilflos die Achseln, ehe er weitersprach. Aber dann dauerte es nicht lange, bis ich die wesentlichen Einzelheiten seiner Geschichte erfahren hatte.

Während ihrer Arbeit am Hospital in Elvingdale war es Joyce Dean unter Mitwirkung ihrer Freundin Mary Antrobus irgendwie gelungen, eine gewisse Menge Heroin beiseite zu bringen. Mary, die Charakterschwächere von den beiden, wurde süchtig. Als Swanson sich in Joyce Dean vernarrte und ihr törichterweise von seinem eigenen kleinen Rauschgifthandel erzählte, beschloß die spekulative Joyce, einen Druck auf ihn auszuüben, damit er Mary Antrobus und andere ihrer Abnehmer mit Heroin versorgte; ihr eigener Vorrat war nahezu erschöpft. Swanson beugte sich der Forderung seiner Geliebten. Das neue Unternehmen florierte und wurde binnen kürzester Zeit zu dem ersehnten großen Geschäft, wenigstens für Joyce Dean. Doch dann geschah das Unvermeidliche: Joyce Dean selbst erregte die Aufmerksamkeit eines Erpressers.

»Es war eine derartige Ironie des Schicksals, daß ich beinah lachen mußte, als ich davon hörte«, sagte Swanson. »Aber spaßig wurde es nicht, glauben Sie mir. Insbesondere nicht, als ich hörte, daß der Erpresser – Mr. Smith, wie er sich nannte – beschlossen hatte, seine Klauen in mich zu schlagen. Mit Joyce Dean konnte ich fertig werden. Sie war, im Grunde genommen, eine bescheidene Amateurin. Mr. Smith hingegen stellte ein ganz anderes Kaliber dar. Ich hatte furchtbare Sorgen. Doch dann zeigte sich plötzlich, daß er gar kein Geld von mir wollte. Er verlangte einfach, ich müsse erklären, daß Sie ein Patient von mir und wegen neurotischer Zwangsvorstellungen in meiner Behandlung seien ...« Swanson zögerte. »Ich versichere Ihnen, daß weder Joyce noch ich die geringste Ahnung hatten, daß diese meine Erklärung irgendwie dazu dienen könnte, Sie in einen Mordfall zu verwickeln.«

»Gab er Ihnen denn keine Gründe an?« fragte ich. »Sagte er nicht, warum Sie diese unwahren Angaben über mich machen sollten?«

»Doch. Uns wurde gesagt, dieser Schachzug könne die von

Ihrer Frau gewünschte Scheidung erleichtern. Sie sollten dem Scheidungsrichter gegenüber als geistig und nervlich labil gelten.«

»Zwischen Melissa und mir ist nie von Scheidung die Rede gewesen!« fuhr ich auf.

»Es tut mir leid, Mr. Foster. Ich habe nur wiederholt, was uns gesagt wurde.«

»Daraus müßte ich schließen, daß es ein Schock für Sie war, als Sie von der Ermordung meiner Frau hörten?«

Swanson nickte und fuhr sich mit dem Taschentuch wieder über die Stirn. »Ja, ein entsetzlicher Schock. Aber wir steckten zu tief in der Sache, um noch herauszukönnen. Smith hatte uns dort, wo er uns haben wollte.«

»Hat Smith Mary Antrobus ermordet?«

»Ja. Ich fürchte allerdings, verantwortlich dafür bin zum Teil ich. Mary bekam von mir kein Heroin mehr, ich hatte Ärger mit ihr gehabt. Das war, wie ich es jetzt sehe, eine Grausamkeit. Vermutlich wissen Sie, daß Süchtige nach und nach entwöhnt werden müssen. Eine plötzliche Entziehung des gewohnten Mittels führt beinah zwangsläufig zu Katastrophen. Als die arme Mary das unentbehrliche Zeug nirgendwo bekommen konnte, drohte sie in ihrer Verzweiflung, uns auffliegen zu lassen. Aber zu dieser Zeit hatte ich mich mit Joyce zerstritten, weil sie mich verlassen wollte. Ich machte mir also nicht viel aus Marys Drohung, mir war alles gleichgültig geworden. Mr. Smith hingegen machte sich sehr viel daraus. Daß Mary Antrobus bei der Polizei plaudern würde, war das letzte, was er sich wünschen konnte. Er ließ Mary wissen, daß er sie mit einem hübschen Quantum Heroin in Ihrem Cottage erwarten werde.«

Swanson schwieg. Minutenlang herrschte Stille. Ich mußte an Mary Antrobus denken und an das, was ihr in meinem Cottage widerfahren war.

Schließlich murmelte Swanson: »Ich habe Ihnen alles erzählt. Darf ich jetzt um das Tonband bitten?«

Ich stand auf und wandte mich langsam vom Tisch ab. »Wenn die Bedingungen erfüllt sind.«

Swanson erhob sich schnell. »Hören Sie, Sie versprachen –«

»– daß, wenn Sie die Wahrheit sagen, das Band nicht an die Polizei gelangen würde. So war es gemeint.«

»Aber ich habe die Wahrheit gesagt! Ich habe alles gesagt! Was wollen Sie noch?«

»Ganz einfach, daß Sie alles, was Sie mir gesagt haben, vor Inspektor Cameron wiederholen.«

Er starrte mich aus schmalen Augen an; hektische Röte stieg in seinen Wangen empor. »Mann, Sie müssen verrückt sein!«

»Nein, ich bin nicht verrückt«, Entgegnete ich ruhig, »aber Ihnen habe ich das kaum zu danken. Wenn Sie jetzt meinen Rat nehmen wollen, gehen Sie zur nächsten Telefonzelle, rufen Inspektor Cameron an und erzählen ihm alles, was Sie mir gesagt haben.«

Ein seltsamer Ausdruck huschte über sein Gesicht. »Und was, meinen Sie, würde mir geschehen, wenn ich das täte, Mr. Foster?«

Ich wandte mich dem Ausgang zu, blieb stehen und fragte über die Schulter: »Und was, meinen Sie, würde Ihnen geschehen, wenn Sie das nicht täten, Doktor Swanson?«

12

Zwanzig Minuten später wurde Swanson niedergeschossen.

Es gab nichts Mysteriöses oder Auffälliges an dem kleinen Lieferwagen, der langsam an der Telefonzelle vorüberfuhr, während eine Garbe von Geschossen den telefonierenden Doktor niedermähte.

Wie aber konnten die Täter gewußt haben, wo Swanson zu finden war?

Ich saß da und überlegte dies in der Zeit zwischen dem Anruf von Cameron, der mir die schockierende Neuigkeit mitteilte, und Camerons angekündigtem Besuch.

Nur eine Erklärung schien mir möglich: Swansons Chauffeur. Diesen Burschen hatte ich von Anfang an für einen zweifelhaften Kunden gehalten; sicher kannte er mich nach unseren zwei Begegnungen gut genug, um mich wiederzuerkennen, wenn er mich sah. Vermutlich war er beauftragt gewesen, den Doktor zu überwachen, für den Fall, daß dieser beginnen sollte, unter dem Druck zusammenzubrechen. Der Chauffeur mußte Swanson zu dem Café verfolgt, wenig später mein Eintreten beobachtet und eine Warnung an Smith telefoniert haben.

Die allgemeine Situation, für kurze Zeit verheißungsvoll aufgehellt, war nun wieder wie vorher – düster in jeder Hinsicht.

Unser Hauptzeuge, der einzige Mensch, der alles hätte erklären können, war tot.

Wirklich tot? Ich versuchte mich der genauen Worte zu erinnern, die Inspektor Cameron gebraucht hatte: ›... Swanson ist niedergeschossen worden, als er mich von einer Telefonzelle aus anrief!‹

Während ich ungeduldig auf Camerons Kommen wartete, merkte ich plötzlich, daß ich Hunger hatte. Da zum Essen kaum Zeit sein würde, wenn Cameron erst einmal da war, ging ich in die Küche, um mir einen kleinen Imbiß zurechtzumachen. Ich fand eine kaum angebrochene Rolle Kekse und wollte eine Dose Ölsardinen aufmachen. Natürlich ging der Dosenschlüssel entzwei, als ich den Deckel kaum zur Hälfte aufgerollt hatte. Verwünschungen murmelnd, suchte ich eine Zange, mit deren Hilfe ich den Deckel ganz zu öffnen gedachte. Ehe ich die Zange fand, ertönte die Türklingel. Ich lief hin und war etwas überrascht, draußen Don Page stehen zu sehen.

»Guy, ich muß dich einen Moment sprechen. Darf ich hineinkommen?«

»Nun, ich erwarte einen Besucher und wollte mir eben einen kleinen Imbiß zubereiten. Hast du etwas dagegen, in die Küche mitzukommen?«

»Ach wo, natürlich nicht. Ich kann ohnehin nur eine Minute bleiben.«

»Möchtest du eine Kleinigkeit essen?« fragte ich.

»Nein, danke, wirklich nicht. Ich bin zum Essen verabredet.«

»Oh. Ich hätte dir Kekse und Ölsardinen anbieten wollen, wenn ich nur den verdammten Dosendeckel aufkriegen könnte.«

Don nahm die Dose. »Laß mich mal versuchen«, schlug er vor. »Immer gehen diese blöden Dosenschlüssel entzwei. Unbegreiflich, daß man sie nicht etwas stärker macht.«

»Eine Sekunde, und ich finde die Zange. Das ist die einzige Möglichkeit, wenn der Dosenschlüssel versagt hat.«

»Spar dir die Umstände, Squire«, sagte Don, indem er das Öl aus der Dose vorsichtig auf einen Glasteller goß. »Ich denke, ich kann es so schaffen.«

Dann machte er, was ich nie zuvor gesehen hatte – griff mit den Fingern der Linken das aufgerollte Stück Dosendeckel und zog mit der Rechten an der Dose selbst. Er mußte kräftig ziehen, und ich will nicht sagen, daß er es leicht aussehen ließ.

Aber einen Moment später war der Deckel von der Dose gelöst, und alle Sardinen ließen sich glatt und fein auf einen Serviertel-ler kippen. Mir wurde ein bißchen unheimlich, als ich mir die enorme Kraft dieser geschmeidigen Finger vergegenwärtigte.

»Woran denkst du, Don? Du siehst aus, als könntest du einen Drink gebrauchen.«

Ich führte ihn ins Wohnzimmer und mixte ihm einen Whisky-Soda.

»Hast du die Neuigkeit gehört?« fragte er, als er nach seinem Glas griff.

»Über Swanson, meinst du?«

»Ja. Er ist erschossen worden.«

Ich sah ihn aufmerksam an. »Ich weiß. Aber wie, zum Teufel, hast du davon gehört? Es ist vor kaum anderthalb oder zwei Stunden passiert und kann unmöglich schon in der Zeitung stehen.«

Don vermied meinen Blick und zündete sich eine Zigarette an. »Einfach, mein Lieber. Ich war zufällig in der Gegend. Ich sah, wie sie Swanson in einen Rettungswagen schoben.«

»Oh.«

Er zögerte ein bißchen, dann sagte er in leicht gereiztem, von Selbstmitleid überlagertem Ton: »Scheußliche Wendung der Ereignisse, Guy! Kann verdammt peinlich für mich werden.«

»Für dich? Verzeih, aber da kann ich nicht ganz folgen.«

»Ich war ein Patient von Swanson.«

»Gewiß, aber ich verstehe noch immer nicht. Hunderte anderer Leute waren auch Patienten von Swanson.«

Don schüttelte ärgerlich den Kopf. »Ja, aber die stehen nicht so im Licht der Öffentlichkeit wie ich. Das ist eine der Schattenseiten der Berühmtheit. Ein Massenidol zu sein, meine ich. Ist man oben angelangt, darf man keinen falschen Schritt mehr tun. Vergiß nicht – die Leute, die dich aufs Podest gehoben haben, die Sportfans, können dich auch wieder hinunterziehen, ganz leicht.«

»Was hat das mit Swanson zu tun?«

»Squire, du bist heute ungemein schwer von Begriff. Wenn Swanson stirbt, wird es scheußlich viel Fragerei geben. Stimmt's?«

»Ich nehme an, ja.«

»Und du, Guy, warst mit ihm zusammen, kurz bevor er niedergeschossen wurde. Stimmt's?«

»Ja. Aber wieso weißt du davon?«

Wieder vermied er meinen Blick. »Ich sagte dir ja – ich war in der Gegend. Ich fuhr an einem Café vorüber und – nun ja, zufällig sah ich dich und Swanson an einem Tisch.«

»Ich verstehe.«

»Wahrscheinlich wird man zu dir kommen und Fragen stellen, alter Junge. Und du wirst sagen müssen, daß du auf Grund meiner Empfehlung das erstemal zu Swanson gegangen bist. Unvermeidlich führt Swansons Tod zu einem Wirbel, und ich werde hineingezogen. Du weißt, wie das geht.«

»Aber du vergißt – im Gegensatz zu dem, was gewisse Leute denken, habe ich Swanson nie konsultiert.«

Er blickte schnell auf. »Du hast ihn nicht konsultiert?«

»Don«, sagte ich, »dein Gemüt soll wieder Ruhe finden. Falls ich von der Presse oder sonstwem zu dieser Angelegenheit befragt werde, sage ich selbstverständlich die schlichte Wahrheit. Und die schlichte Wahrheit ist, daß ich niemals ein Patient von Swanson gewesen bin. Daher wird, soweit es mich betrifft, dein Name nicht in diese Sache hineingezogen werden. Es wird keinen Skandal geben.«

Er lebte merklich auf. »Bist du dessen sicher?«

»Absolut sicher.«

Er seufzte erleichtert, und als er gleich danach den Rest seiner Zigarette in den Aschenbecher drückte, sah es nicht mehr so aus, als beabsichtige er, den Aschenbecher und das Rauchtischchen zu zerschmettern. Daß er eigentlich nur eine Minute hatte bleiben wollen, schien er vergessen zu haben. Offenbar hatte er noch mehr auf dem Herzen. Jedenfalls nippte er sehr gedankenvoll an seinem Drink.

Schließlich fragte ich: »War das nun alles, was dir Kummer machte, Don?«

»Hmm? Äh – nun, nicht ganz. Das heißt, eigentlich ja. Doch, doch.«

Ich wußte nicht, was seine Absicht geändert haben mochte. Ich hätte schwören können, daß er noch etwas auskramen würde, aber er tat es nicht. Er langte vielmehr nach seinem weißseidenen Halstuch und machte sich auf den Weg zur Tür. Ich ging mit.

»Ich bin wirklich in Eile, Squire. Habe den Hepburns versprochen, um sieben Uhr dort zu sein.«

»Ah, ihr geht dann zum Dinner?«

»Nein, eigentlich nicht. Felix rief an und bat mich, auf einen

Drink und einen Sandwich bei ihnen hineinzuschauen. Paula denkt nämlich daran, sich einen Aston-Martin zu kaufen und möchte mit mir darüber sprechen.«

Don hatte seine rechte Hand am Türknauf, als das Ertönen der Türklingel uns beide erschreckte.

»Himmel, habe ich das gemacht?« rief er aus.

Ich lachte. »Nein. Ich erwarte einen Besucher.«

Ich öffnete die Tür. Draußen stand Inspektor Cameron. Don trat einen Schritt zurück.

»Guten Abend, Gentlemen«, sagte Cameron, mit der einen Hand den Hut abnehmend, mit der anderen die Julius-Cäsar-Frisur glättend. »Darf ich eintreten?«

Ich sagte: »Guten Abend, Inspektor.«

Don schlängelte sich hinter Camerons Rücken hinaus, murmelte ein hastiges Grußwort und eilte die Treppe hinab. Wenig später war das Startgebrumm seines Jaguar zu hören.

Cameron lächelte. »Er ist in Eile, nicht wahr, Sir?«

»Er war etwas durchgedreht wegen der Swansonsache. Er fürchtete, sein Name könnte in den fälligen Wirbel hineingezogen werden.«

»Kam er deswegen zu Ihnen?«

»Anscheinend ja.«

»Nun, was hätte Mr. Page zu fürchten?«

»Er war ein Patient von Swanson. Er schien zu fürchten, diese Art Publicity könnte seinen Nimbus als Massenidol gefährden.«

Cameron spitzte die Lippen. »Viele von Swansons Patienten sind weithin bekannte Persönlichkeiten. Ich hätte nicht vermutet, daß Publicity unseren Mr. Page so besorgt machen könnte.«

Ich lächelte und führte meinen Gast ins Wohnzimmer. Zu meiner Überraschung akzeptierte der Inspektor den angebotenen Drink.

»Ein ereignisreicher Tag«, erklärte er. »Der Anschlag auf Swanson hätte beinahe alle unsere Teilerfolge zunichte gemacht. Aber Swanson kämpft, und ich hoffe, er wird es schaffen.«

»Sie glauben nicht, daß er an den Verletzungen sterben wird?«

»Wie gesagt – ich hoffe, daß er durchhält. Im Hospital erlangte er das Bewußtsein wieder und machte eine Aussage. Daraufhin haben wir Joyce Dean verhaftet.«

»Bei Gott, haben Sie das! Ich hätte ihr Gesicht sehen mögen!«

»Es war kein lieblicher Anblick. Unsere Beschuldigung lautet auf Erpressung.« Er hob mir sein Glas entgegen. »Es besteht Hoffnung, daß wir sie ausreichend erhärten können.«

Auch ich hob das Glas. Ich wußte, was er meinte. Genug Beweismaterial sammeln, um eine Verhaftung zu rechtfertigen – das ist eine Sache. Eine Verurteilung zu erwirken – das ist eine ganz andere Sache.

Ein längeres Schweigen entstand. Cameron wirkte müde und in sich gekehrt. Ich hatte das Gefühl, daß er seine Kräfte für eine letzte Anstrengung sammelte. Als er sprach, schien es beinahe, als hätte ich seine Gedanken gelesen.

»Mr. Foster, ich komme mir heute abend beinahe vor wie ein alter, kampfesmüder General in der Endphase eines langen Feldzuges. Ich hatte meine Fehlschläge – die Ermordung Ihrer Frau, die Ermordung von Mary Antrobus. Ich hatte meine kleinen Erfolge – die Verhaftung von Lancelot Belham und Joyce Dean. Die letzte Schlacht steht noch bevor. Und in dieser letzten Schlacht, denke ich, können wir den Kampf gewinnen.«

Ich fragte ruhig: »Mr. Smith?«

»Ja, Mr. Smith.« Nach einigem Überlegen fuhr Cameron fort: »Ich denke, es war Clausewitz, welcher sagte, das Geheimnis des Sieges liege in der Kunst begründet, daß wir den Feind veranlassen, unsere Schlacht zu schlagen, wo wir es wollen und wann wir es wollen. Mit anderen Worten – wir müssen diejenigen sein, die die Bedingungen dieses letzten Kampfes diktieren. Und ich denke, wir haben die Geheimwaffe, die uns dies ermöglicht.«

Welche Geheimwaffe?«

»Das Tonband Ihrer Frau.«

Ich runzelte die Stirn Es schien mir, als wären wir auf unsicherem Grund.

»Inspektor, ich muß Ihnen sagen, daß Melissa nie ein Tonbandgerät besessen hat, soviel ich weiß.«

Cameron zuckte die Achseln, ohne etwas zu entgegnen.

Ich fuhr fort: »Ich gebe gerne zu, daß es Ihnen gelungen ist, Doktor Swanson mit Ihrem Tonbandtrick zu verwirren. Aber hat derselbe Trick eine konkrete Chance bei Mr. Smith? Wer von meinen lieben falschen Freunden dieser Mr. Smith auch sein mag – er, beziehungsweise sie, weiß eine Menge über Melissa und mich, einschließlich der Tatsache, daß keiner von uns beiden Sympathien für Apparate wie Tonbandgeräte oder ähnliche technische Mittel gehabt hat.«

Cameron nickte selbstzufrieden. »Sie besitzen jetzt kein Tondbandgerät, Sir. Doch der Gebrauch des Wortes ›technische Hilfsmittel‹ deutet an, daß Sie möglicherweise irgendwann einmal ein Tonbandgerät ausprobiert haben, zum Beispiel, als Sie anfingen, sich als freiberuflicher Schriftsteller zu betätigen. Daß Sie es ausprobiert und für weniger geeignet befunden haben, Ihre Ideen aufzuzeichnen, als die herkömmlichen Hilfsmittel Federhalter und Papier dies vermögen. Woraufhin Sie dieses Gerät verkauften oder zurückgaben, jedoch nicht, bevor Mrs. Foster Gelegenheit hatte, mehrere äußerst vertrauliche Gespräche aufzuzeichnen, die sie mit einigen ihrer Kunden und auch mit dem geheimnisvollen Mr. Smith führte.«

Ich dachte darüber nach. »Doch, das könnte wirken«, sagte ich dann. »Wahrhaftig, das könnte wirken.«

»Es muß wirken! Ich sehe keine andere Möglichkeit, Mr. Smith aus seiner Deckung herauszulocken. Wir werden also behutsam das Gerücht verbreiten, daß Sie einige belastende Tonbänder verwahren, hier in Ihrer Wohnung. Ich bin überzeugt, daß Mr. Smith versuchen wird, sie zu bekommen.«

Ich begann zu begreifen, was dies für mich bedeuten würde.

»Sie meinen, ich soll still hier sitzen und warten, bis Mr. Smith über mich herfällt?«

Cameron nickte. »So ist es, Sir. Ich weiß, es wird eine Heimsuchung für Sie. Doch zu Ihrer Beruhigung: Entweder werde ich selbst zur Stelle sein, oder Sergeant Stafford, einer meiner verläßlichsten Männer, wird sich in nächster Nähe aufhalten.«

»Wie nahe wäre das?« fragte ich.

Inspektor Camerons Blick schweifte zur Küchentür. »Dort drinnen, vielleicht?«

An diesem Tag hörte ich noch einmal von Cameron, kurz bevor ich zu Bett ging. Das Telefon klingelte, als ich gerade daran dachte, mich schlafen zu legen.

»Hier Cameron. Die Katze ist nun unter den Kanarien, Mr. Foster.«

Ich wußte, daß er damit das Gerücht meinte, ich besäße belastende Tonbänder. Natürlich interessierte es mich zu erfahren, wer ›die Kanarien‹ wären.

Der Inspektor sagte: »Ich habe die Hepburns besucht. Sie

waren beide daheim. Ich nahm Mrs. Hepburn beiseite und erzählte ihr streng vertraulich, wir hätten bei Doktor Swanson einen Brief gefunden, in dem Sie ihm mitteilen, daß einige von Ihrer Frau aufgenommene, belastende Tonbänder jetzt in Ihren Händen seien. Ich ließ durchblicken, wir wären enttäuscht und peinlich berührt, daß Sie uns dies verschwiegen hätten und offenbar versuchten, es auf eigene Faust für sich auszunützen.«

»Wie reagierte Paula?«

»Ich fand, sie sah sehr betroffen aus.«

»Wird sie es Felix erzählen?«

»Wahrscheinlich.«

»Hmm. Und wie wollen Sie die Neuigkeit zu Don Pages Kenntnis bringen?«

Cameron lachte leise. »Das brauche ich nicht mehr zu tun. Mr. Page war dort. Und obwohl ich gebeten hatte, Mrs. Hepburn ganz vertraulich sprechen zu können, vermochte ich mich des Eindrucks nicht zu erwehren, daß er an der Tür lauschte. Jedenfalls blickte er sehr düster drein, als wir aus dem Zimmer kamen. Nachdem ich die Hepburnsche Wohnung verlassen hatte, wartete ich vorsichtshalber hinter der nächsten Ecke, bis auch Mr. Page auf der Straße erschien. Er fuhr Hals über Kopf in seinem Jaguar davon. Wir hatten Mühe, ihm zu folgen.«

»Fuhr er nach Hause?«

»Nein. So spät es auch war, er besuchte eine Freundin.«

»Eine, die wir kennen?«

»Ja, Mr. Foster. Carol Stewart.« Ich glaubte förmlich, Camerons stilles Lächeln zu sehen, als er sagte: »Nun wünsche ich Ihnen eine recht gute Nacht, Sir.«

Der folgende Tag begann mit einem jener Frühlingsmorgen, an denen die Natur noch unentschlossen ist, ob sie sich freundlich oder rauh geben soll. Eine helle, aber kühle Sonne schien immer nur minutenweise, um dann wieder hinter schnell dahinsegelnden niedrigen Wolken zu verschwinden.

Kurz nach zehn, als ich mein Frühstücksgeschirr abwusch, ertönte die Wohnungstürklingel.

Es war Felix.

»So was, Guy. Gemeiner Wind, heute. Bläst einem Dreck in die Augen. Hast du eine Minute für mich übrig?«

Wir setzten uns an den Wohnzimmertisch. Ich fand, daß

Felix blaß und irgendwie mitgenommen aussah, aber das mochte ganz einfach an dem etwas strapaziösen Wetter liegen.

»Guy, ich will gleich zur Sache kommen. Ich denke, ich sollte dich warnen.«

»Mich warnen? Weshalb?«

»Dieser tapsige große Bluthund, Cameron, war gestern spät abends bei uns und hatte ein vertrauliches Gespräch mit Paula. Natürlich erzählte sie mir dann alles – sie hat nicht die fatale Gewohnheit gewisser Ehefrauen, dem Gatten etwas zu verschweigen. Um es kurz zu machen – Cameron scheint übelzunehmen, daß du ihm etwas vorenthältst.«

»Wirklich? Weshalb sollte ich das, Felix?«

»Frag nicht mich, alter Freund. Aber offenbar ist Cameron sehr verdrossen darüber.«

»Bist du deshalb gekommen? Nur, um mir das zu erzählen?«

Er blickte mich bieder an. »Guy, mein alter Kumpel, mir scheint, du machst dir nicht klar, in welch teuflischer Klemme du steckst.«

»Welche spezielle Klemme meinst du, Felix?«

Er lächelte mitfühlend. »Genaugenommen, mein Guter, sind es mehrere – überleg mal selbst. Melissas Tod. Mary Antrobus in deinem Cottage erdrosselt. Der versuchte Überfall auf Joyce Dean. Und warst du nicht auch in der King's Road, kurz bevor diese Sache mit Doktor Swanson passierte?«

Ich sagte: »Cameron scheint ein düsteres Bild von mir entworfen zu haben.«

Felix zuckte hilflos die Achseln. »Er macht dich zum Hauptverdächtigen in den Augen der Kriminalpolizei und der Presse. Und wenn du so töricht bist, ihn mit dieser Tonbandsache zum Narren zu halten, gebe ich nicht viel für deine Chancen, alter Freund!«

»Mach dir keine Sorgen um mich, Felix. Ich kann mit der Kriminalpolizei schon umgehen.«

Felix erhob sich, einen skeptischen Ausdruck auf dem Gesicht. »Ich weiß nicht recht, lieber Guy. Großbritanniens Gefängnisse sind voll von Leuten, die da glaubten, die Kriminalpolizei wäre ihnen geistig unterlegen. Bei Gott, ich will mich nicht aufdrängen. Aber du weißt, wie besorgt wir beide um dich sind, Paula und ich.«

Ich klopfte ihm auf die Schulter und begleitete ihn zur Tür. Wir waren beide etwas überrascht, Don Page die Treppe heraufkommen zu sehen, die Hände tief in die Taschen seines eleganten, kurzen Automantels gerammt. Don gab Felix einen etwas merkwürdigen Blick.

»Hallo, Felix! Dachte nicht, dich hier zu finden. Haben wir nicht eine Verabredung mit Paula und dem Aston-Martin-Händler?«

»Die haben wir, alter Junge«, bestätigte Felix milde und sah dabei auf seine Uhr. »Aber erst um halb zwölf. Ich muß Paula erst vom Friseur abholen. Also bis nachher in der Bond Street, Don. Gott befohlen, Guy. Denk an das, was ich dir gesagt habe.«

Don blieb ziemlich hölzern in der Vordiele stehen, die Hände noch in den Manteltaschen. Leicht gereizt fragte ich: »Kann ich dir den Mantel abnehmen, Don?«

»Nein, danke. Ich bleibe sowieso nur einen Moment.«

Er folgte mir ins Wohnzimmer und fing dort an, vor dem Kamin auf und ab zu gehen. Im Kamin brannte ein verhaltenes Kohlenfeuer; Sergeant Stafford war so freundlich gewesen, dafür zu sorgen, nachdem ich ihn morgens um halb sieben eingelassen hatte. Aus der Küche kam kein Laut, aber ich wußte, daß jedes Wort, welches wir sprachen, still und heimlich auf Band aufgenommen wurde.

»Ich kam, dich um Entschuldigung zu bitten, Guy«, erklärte Don plötzlich. »Wird mir schwer, es zu sagen. Wollte es schon gestern tun, aber die Worte blieben mir in der Kehle stecken.«

Ich antwortete: »Um Himmels willen, hör zunächst mal auf, hin und her zu laufen wie ein Tiger vor der Fütterung. Und dann heraus damit – so schlimm kann es ja wohl nicht sein.«

Don blieb stehen. »Doch, es ist schlimm. Ich habe dir nicht die Wahrheit gesagt. Über Melissa.«

»Über Melissa?« wiederholte ich dumpf. Also stimmte es doch! Sie hatten eine Liebschaft gehabt! Ich sprang auf.

»Moment, Squire!« beschwichtigte Don. »Mißversteh mich nicht! Hör mich bis zu Ende an.«

»Weiter!« sagte ich eisig.

»An dem Abend, kurz nach Melissas Tod, als ich dich ein Stück im Auto mitnahm, fragtest du, ob Melissa zu mir je über dich gesprochen hätte.«

Ich nickte.

»Und ich erwiderte, ja, sie hätte sich vor dir gefürchtet, und lauter solcher Unsinn. Guy, das war gelogen. Ich wurde gezwungen, dich anzulügen.«

»Gezwungen? Von wem?«

Er fuhr sich mit der Zungenspitze über die Lippen, ehe er antwortete: »Joyce Dean.«

Ich forderte ihn auf, weiterzusprechen.

»Guy, du erinnerst dich an mein Malheur vor etwa einem Jahr, als ich in Knightsbridge den alten Mann anfuhr? Ein Taxifahrer schwor, ich wäre betrunken gewesen. Nun, ich war betrunken. Vor Gericht wagte ich natürlich nicht, das zuzugeben – es hätte das Ende meiner Rennfahrerlaufbahn bedeutet. Das Gericht sprach mich frei. Aber meine Nerven waren so zermürbt von der ganzen Sache, daß ich einen Facharzt aufsuchen mußte – Doktor Swanson.«

»So ist wenigstens dieser Teil der Geschichte wahr gewesen.«

»Ja. Natürlich hielt ich den Mund darüber, daß ich betrunken war. Der einzige Mensch, dem ich es bekannte, war Swanson. Ich glaubte, ich könnte auf seine absolute Verschwiegenheit rechnen. Unglücklicherweise rechnete ich nicht mit Miss Dean. Sie muß in Swansons persönlichen Notizen über meinen Fall spioniert haben. Eines Abends kam sie in meine Wohnung und drohte, mich zu kompromittieren.«

»Also zahltest du ihr Schweigegeld?«

Er nickte. »Aber das genügte nicht. Diese Erpresserin geriet irgendwie selbst in Druck. Daraufhin verlangte sie mehr von mir. Sie sagte, wenn ich je über dich gefragt würde – über deine Gesundheit –, dann müßte ich sagen, Melissa hätte sich deinetwegen Sorgen gemacht und mich gebeten, ihr einen guten Nervenarzt zu empfehlen ... So, mein lieber alter Squire, nun weißt du es! Eine üble Geschichte. Aber ich bin froh, sie vom Herzen zu haben!«

»Früher oder später hätte ich es sowieso erfahren«, entgegnete ich trocken. »Vielleicht hast du davon gehört, daß Joyce Dean verhaftet worden ist?«

Don wirkte eingeschnappt. »Nun, wenn du es so siehst, bedaure ich, dich belästigt zu haben.«

Ich zuckte die Achseln und zündete mir eine Zigarette an.

Wenige Minuten später stelzte Don von dannen, verdrossen und die Hände noch in den Manteltaschen.

Ich ging in die Küche. Außer Sergeant Stafford war jetzt auch Cameron da.

»Hallo, Inspektor! Ich hörte Sie nicht kommen.«

»Sollten Sie auch nicht, Sir. Ich nahm mir die Freiheit, die Hintertür zur Feuertreppe zu benutzen. Hmm. Sie hatten also Besuch von Mr. Hepburn und von Mr. Page?«

»Ja. Aber keine Reaktion, weder bei Felix, noch bei Don. Ich fange an, bekümmert zu sein.«

»Warum, Mr. Foster?«

»Nun, die Sache wirkt sich nicht so aus, wie wir es gehofft hatten. Oder?«

»Ich, an Ihrer Stelle würde nicht so skeptisch sein, Sir. Der Tag ist noch jung. Da bleibt noch viel Zeit für weitere Besucher.«

Cameron sollte recht behalten.

Am Frühnachmittag, als ich eben etwas Radiomusik hörte, läutete die Türklingel. Ich stellte die Musik leise und näherte mich vorsichtig der Wohnungstür.

Es war Paula.

Sie begrüßte mich mit so krampfhafter Heiterkeit, daß ich den Eindruck hatte, sie wäre irgendwie verstört. Ich geleitete sie zu einem Wohnzimmersessel und mixte ihr einen Drink.

»Was ist los, Paula? Du siehst nicht ganz glücklich aus.«

Sie zündete sich eine Zigarette an und atmete den ersten Zug tief ein. »Guy, Herzblatt, du erinnerst dich, daß ich neulich beim Shepherd's Market beinahe überfahren wurde?«

»Ja, natürlich. Wieso?«

»Nun, ich habe die Sache nicht weiterverfolgt, es wäre vermutlich zwecklos gewesen. Aber du erinnerst dich, daß ich dir erzählte, ich hätte nur noch die Vision von einem schnell fortsausenden Sportwagen gehabt – nicht wahr?«

Ich nickte.

»Guy«, sagte Paula mit hohler Stimme, »denk dir bloß, Guy – etwas gespenstisch Ähnliches ist mir heute mittag passiert! Du weißt, daß Felix und ich mit Don bei einem Autohändler verabredet waren, um einen Aston-Martin zu besichtigen?«

»Ja, ich hörte davon. Aber sag, Paula, wo nimmst du bloß soviel Geld her? Ein Aston-Martin kostet doch ein Vermögen!«

Sie überging meine Frage mit einem Achselzucken und berichtete weiter: »Nun, Don war groß in Form. Eine Stunde lang erklärte er mir fachmännisch die Vorzüge des Aston-Martin. Dann ließ er sich den Vorführwagen des Händlers geben, um mich darin spazierenzufahren, damit ich nach all der Theorie auch praktische Eindrücke von den herrlichen Eigenschaften der kleinen Rakete bekäme. Du weißt, er fährt immer schnell. Aber die lange Biegung beim Hyde Park nahm er wohl zu schnell. Jedenfalls fühlte ich mich plötzlich in die Weite geschleudert wie ein Astronaut!«

»Was denn? Du fielst hinaus? Oder wurdest du etwa gestoßen?«

»Ich weiß nicht. Die Tür neben mir flog auf, und ich – ich rutschte einfach davon! Und das Merkwürdige ist – ich könnte schwören, daß ich nach dem Einsteigen den Türriegel hinuntergedrückt habe!«

»Und wie reagierte Don?«

»Nun, er versuchte mich zu packen, aber ... Ach, ich weiß nicht! Alles war so verwirrend, und ich hatte schreckliche Angst. Ich weiß wirklich nicht, was geschah. Glücklicherweise konnte ich mich im allerletzten Moment an irgend etwas festhalten, und Don zog mich dann zurück in den Sitz.«

»Was meint denn Felix dazu?«

»Das kann ich dir nicht sagen. Er war nicht mehr da, als wir in die Autohandlung zurückkehrten. Er war mit meinem Wagen weggefahren. Und ich habe ihn seitdem nicht gesehen.«

Wir sprachen noch ein Weilchen über die Angelegenheit. Ich versuchte von Paula eine genaue Beschreibung des Sicherheitsriegels zu bekommen und herauszufinden, ob sie den Riegel versehentlich selbst geöffnet haben könnte; ich wollte wissen, wo Felix gestanden hatte, als sie abfuhren, und ob Don den Sicherheitsriegel geprüft hätte, ehe er sein gewohntes halsbrecherisches Tempo einschlug. Aber Paula war in ihren Angaben zu ungenau, so daß ich noch keinerlei Klarheit hatte, als sie sich zum Gehen anschickte.

Ich brachte sie zur Wohnungstür, dann eilte ich in die Küche.

»Was machen Sie aus dieser verworrenen Geschichte, Inspektor?«

»Schwer zu sagen, Sir. Vielleicht ist es nie passiert. Vielleicht ist es passiert und war nichts als ein unglücklicher Zufall.«

Ich seufzte. »An meinen Tonbändern war sie offenbar nicht sehr interessiert.«

»Nein, Sir. Das war sie gewiß nicht.«

Es ging auf Mitternacht zu, als Cameron und der Sergeant beschlossen, für dieses Mal ihre Wache in der Küche abzubrechen. Sie benutzten den Ausgang über die Feuertreppe, und ich verschloß die Hintertür ebenso sorgfältig wie die Vordertür. Sie hatten versprochen, früh am nächsten Morgen wiederzukommen und einen weiteren Tag draufzugeben. Falls Mr. Smith sich dann immer noch nicht eingestellt hätte, würde der Inspektor die bisherige Strategie als erfolglos fallenlassen und etwas völlig anderes versuchen.

Ich nahm ein mildes Schlafmittel und ging zu Bett.

Es war der Wind, der mich aufweckte.

Schlaftrunken wurde ich gewahr, daß ein Fenster klappte, teils kurz hintereinander, teils in etwas längeren Zeitabständen – je nachdem, wie der Wind es traf. Ein nervenaufreibendes Geräusch, so mitten in der Nacht.

Unlustig, das warme Bett zu verlassen, rang ich minutenlang mit meinem Gewissen, schwenkte schließlich die Beine über den Bettrand, setzte mich auf, schob die Füße in die Hausschuhe, zog den Morgenmantel über und wankte halb schlafend ins Wohnzimmer.

Das klappende Fenster öffnete sich zur Straße hinaus. Ich mußte versäumt haben, es richtig zu schließen. Als ich mich nach draußen lehnte, um dieses Versäumnis wiedergutzumachen, erblickte ich auf der Straße etwas, das mir ein Schaudern über den Rücken jagte.

Dicht bei der nächsten Straßenecke stand Paulas gelber Karmann/Ghia geparkt!

Langsam machte ich das Fenster zu. Ich muß gestehen, daß mir irgendwie unheimlich zumute war.

Als ich mich vom Fenster abwendete, spürte ich plötzlich, daß noch jemand im dunklen Wohnzimmer sein müsse. Ich konnte nichts sehen und nichts hören, aber ich fühlte die fremde Anwesenheit.

Behutsam begann ich, mich der Lampe auf meinem Schreibtisch zu nähern. Die langen Fenstervorhänge neben dem Schreibtisch raschelten an meiner Schulter, als ich mich etwas vornüberbeugte, um die Lampe anzuknipsen.

Die Mündung eines Revolvers wurde mir, irgendwie gemildert durch die Vorhänge, auf das Rückgrat gedrückt, und eine wispernde Stimme warnte: »Kein Licht!«

Ich stand wie erstarrt. Hinter mir hörte ich leises Atmen. Wer auch immer hinter den Vorhängen verborgen war – er, oder sie, mußte den Atem angehalten haben, während ich das Fenster schloß.

Ich fragte, so ruhig wie möglich: »Wie sind Sie hereingekommen?«

»Ich habe einen Schlüssel. Ich hatte immer einen. Wo sind die Tonbänder?«

Angestrengt versuchte ich, die Stimme zu erkennen. Ich wußte mit Bestimmtheit, daß diese Stimme jemandem gehörte, den ich kannte. Und doch schien sie seltsam verändert – so, als trüge ihr Eigentümer irgendeine Art Maske über dem Gesicht.

»Die Bänder sind hier«, sagte ich. »In einer Schreibtischschublade.«

»Den verdammten Schreibtisch habe ich bereits durchsucht!«

Ich gab mir Mühe, ganz gelassen zu klingen, beinahe gleichgültig, als ich antwortete: »Sie wußten eben nicht, wo. Da ist ein Geheimfach.«

»Dann holen Sie die Tonbänder für mich heraus! Und versuchen Sie keine Tricks! Ich habe Melissa und das Antrobusgirl getötet. Und, bei Gott, ich töte auch Sie, wenn Sie einen faulen Zauber versuchen!«

Ich sagte milde: »Nichts dergleichen werde ich versuchen, Freund. So dumm bin ich nicht.«

Ich trat vor den Schreibtisch, tat so, als zöge ich eine Schublade auf, und knipste plötzlich die Lampe an.

Für den Bruchteil einer Sekunde zögerte der gut gekleidete Mann mit dem nachtschattenfarbenen Nylonstrumpf über dem Gesicht, dann sprang er mit einem Schrei auf mich los, den rechten Arm erhoben. Der Kolben seines Revolvers krachte mir gegen die linke Kopfseite, und ich fiel lang auf den Teppich.

Plötzlich war das Zimmer von Licht erhellt. Als mein Besucher zur Vordiele rennen wollte, erschien Sergeant Stafford, gefolgt von Cameron. Der Inspektor brüllte eine Warnung und sprang vorwärts, um nach dem Revolver zu greifen. Ich versuchte aufzustehen, aber schon trommelten mir tausend kleine Teufel im Schädel herum, und ich wußte, daß ich es nicht schaffen würde. Halb ohnmächtig wurde ich gewahr, wie das Trommeln nachließ. Dann hörte ich Geräusche eines Handgemenges, schließlich dröhnte ein Schuß.

Als ich wieder zu Bewußtsein kam, stand der Inspektor neben mir und sah auf mich hinab.

»Was – was ließ Sie zurückkehren?«

»Wir sind gar nicht fortgegangen, Mr. Foster. Nicht richtig fortgegangen, jedenfalls. Wir waren ziemlich sicher, daß Mr. Smith in dieser Nacht kommen würde.«

Ich erhob mich mühsam, von Schmerz und Übelkeit geplagt, und fragte: »Wo ist er?«

»In der Vordiele«, antwortete Cameron ruhig. »Wir haben um einen Rettungswagen telefoniert, aber Smith wird tot sein, ehe der Wagen eintrifft. Er hat sich den Schuß in den Kopf gejagt.«

Ich blieb einen Moment bei Cameron stehen, dann ging ich langsam hinaus in die Vordiele.

Mein Besucher lag auf dem Boden, und irgendwer, wahrscheinlich der Inspektor, hatte ihm einen alten zusammengerollten Mantel von mir unter den Kopf geschoben. Ich wußte nicht, was ich zu ihm sagen sollte. Ich stand nur da und sah zu ihm hinab. Ich empfand Zorn und Groll und war doch, auf irgendeine seltsame Art, furchtbar traurig. Nach einigen Sekunden bewegte er langsam eine Hand, und ich wußte, daß er mich erkannt hatte.

»Na, so was, Guy«, flüsterte er . . .

Nach der Leichenschau begleitete der Inspektor mich bis vor die Haustür. Dort blieben wir für einen Moment stehen.

»Wenn ich an Ihrer Stelle wäre, Mr. Foster«, sagte er, »würde ich nun einige Wochen fortreisen und versuchen, die ganze Sache zu vergessen.«

Da erzählte ich ihm von dem großartigen Angebot, das ich an eben diesem Morgen erhalten hatte. Ein Freund aus San Franzisko hatte telefoniert und mir einen Job bei seinem Magazin angeboten. Ich hatte zugesagt und bereits für Donnerstag einen Flug nach Kalifornien buchen lassen.

»Ich bin entzückt, dies zu hören«, sagte Cameron. »Ich hatte im stillen gehofft, daß Ihnen so etwas begegnen würde.« Er legte mir freundschaftlich eine Hand auf die Schulter. »Sie haben eine Wendung zum Guten verdient, Mr. Foster. Ich freue mich, daß Sie so vernünftig waren, das Angebot Ihres Freundes anzunehmen.«

Aber am Mittwochabend änderte ich plötzlich meine Meinung, schickte meinem Freund ein Telegramm und machte die Buchung des Fluges rückgängig. Ich redete mir ein, das wäre, weil ich mich erschöpft fühlte und vielleicht ein bißchen zu alt, und weil ich den Roman beenden wollte, an dem ich schrieb. Doch im Herzen wußte ich, daß dies nur Ausflüchte waren. Ich wußte den wahren Grund. Kalifornien schien mir so sehr weit fort zu sein.

So sehr weit fort von Melissa …

HELEN FIELDING

»Hinreißend! Was für ein herrlicher, unglaublich witziger Roman! Man wischt sich die Lachtränen aus den Augen!«

The Sunday Times

»Bridget Jones ist eine Kultfigur.«

Der Spiegel

44392

GOLDMANN